ALFAGUARA JUVENIL MR

MOLDAVITA
Un visitante amigable

Av. Río Mixcoac 274, Col. Acacias
03240, México, D.F.

Alfaguara Juvenil es un sello editorial licenciado a favor
de Editorial Santillana, S.A. de C.V.
Éstas son sus sedes:

ARGENTINA, BOLIVIA, CHILE, COLOMBIA, COSTA RICA, ECUADOR, EL SALVADOR, ESPAÑA, ESTADOS UNIDOS, GUATEMALA, MÉXICO, PANAMÁ, PARAGUAY, PERÚ, PUERTO RICO, REPÚBLICA DOMINICANA, URUGUAY Y VENEZUELA.

Primera edición en Santillana Ediciones Generales, S.A. de C.V.:
diciembre de 2009
Primera edición en Editorial Santillana, S.A. de C.V.:
julio de 2013
Primera reimpresión: noviembre de 2014

ISBN: 978-607-01-1766-4

Impreso en México

Moldavita
Un visitante amigable

Norma Muñoz Ledo

A Tin Tin y a Milú.
No a los de Hergé, a los míos.
A Rapi. Y a todas
las estrellas de Tepoztlán.

UN TROZO DE METEORO

—Y ahí estaba yo, se lo juro, a menos de un metro del jaguar —decía Rodrigo vehemente, subido en una cama, con las rodillas semi-dobladas, los brazos extendidos, la mirada fija en un punto lejano.

—¿Y qué hiciste? —preguntó Pato, acostado en la otra cama, con los brazos doblados atrás de la cabeza, dejando su panza peligrosamente expuesta—. ¿Le disparaste?

—No, Pato ¡no seas burro! —exclamó Rodrigo saltando a la otra cama y clavando un puño en el abdomen de Pato—. En la reserva de Calakmul está prohibido dispararles a los animales.

Pato se retorcía de risa, incapaz de defenderse. Inmediatamente, Julio y Pedro saltaron sobre Rodrigo y pronto los cuatro eran una maraña de cosquillas, gritos, risas ahogadas y golpes de juego.

—¡Ya! —dijo Pato con voz apenas audible, tratando de zafarse—. ¡Nada más quiero saber qué hiciste!

Uno a uno se fueron levantando, jadeando por la risa, y se sentaron en las camas.

—No hice nada —explicó Rodrigo—. Me quedé totalmente quieto. Había un compañero cerca de mí, que llevaba un rifle con sedantes. En caso de extrema necesidad podemos usarlo, pero no fue necesario. El jaguar estaba muy apacible y ni caso me hizo. Retrocedí lentamente sobre mis pasos y, eso sí, nos alejamos de ahí.

—¡Guau! —exclamó Julio—. ¿No sentiste miedo?

—Mmm... —dijo Rodrigo pensativo—. Un poco, sí. Creo que sentí más miedo después, cuando estábamos lejos del jaguar. Me di cuenta de que lo vi muy de cerca, y eso me hizo sentir bastante ansia.

En eso, la puerta del cuarto se abrió. Emi, la hermana de Pedro y Julio, asomó su cara pecosa y bonita. Echó una ojeada al cuarto y en seguida frunció la nariz con disgusto.

—Este cuarto huele a humanidad, como siempre —comentó y dirigiéndose al primo le dijo con tonito mandón—: Rodri, mi abuelita ya se quiere ir.

En ese momento abuelita Chepi, una mujer un poco gordita, de pelo cano y ojos sonrientes entró al cuarto y se sentó en una silla. Se veía cansada. En cuanto la abuelita se sentó, Julio se puso junto a ella y le pasó un brazo por los hombros.

—Este fin de semana, los espero a todos en Tepoztlán desde el viernes —dijo la abuelita.

—¿Desde el viernes? ¡Qué buena onda! —exclamó Julio.

—¿Puedo ir con ustedes? —preguntó Pato.

—¡No! —contestó tajante Emi—. No cabes en el coche.

—¡Claro que quepo! —se quejó Pato—. ¡Estoy bien flaco!

—¡Pato cabe! —dijo Julio.

—¡Claro que Pato cabe! —intervino el papá de Julio, asomándose repentinamente por la puerta.

—Entonces, también puede venir mi amiga Gaby —aventuró Emi.

—Esa sí no cabe —gritó su mamá desde otro cuarto.

—¡Ay, mamá! —dijo Emi enojada.

—¡Bueno! —dijo la abuelita, poniéndose de pie—. Se hace tarde. Rodrigo, ¿le puedes poner el techito a tu Jeep?

—¿Cómo crees, Chepi? —replicó Rodrigo—. ¡No puedo hacerle eso a mi gato salvaje!

—Ándale, Rodrigo —gritó la mamá de Julio, ahora desde la cocina—. Mi mamá ya no está para andarse aireando en la carretera. Ponle el techo a tu coche ése.

Uno a uno, todos fueron saliendo del cuarto. Al final sólo quedaban Rodrigo, Pato y Julio.

—Bueno, Juliete, yo me voy a Campeche mañana —dijo Rodrigo, mientras le daba un fuerte abrazo a su primo—. Regreso en dos meses.

Rodrigo tomó su mochila y dio varios pasos hacia la puerta. De pronto se detuvo, poniéndose el dedo índice en la frente.

—Se me está olvidando algo, lo sé... —dijo, tratando de recordar—. ¡Ah! ¡Ya sé! Tengo una piedra nueva para ti, Julio.

Mientras hablaba, Rodrigo había abierto su mochila y buscaba algo en el interior, revolviendo todo.

—A ver, a ver... por aquí tiene que estar... ¡Aquí está! —exclamó, al tiempo que sacaba una piedra bastante extraña de su mochila y se la mostraba a Julio y a Pato—. ¡Miren nada más!

Rodrigo tenía en su mano una pequeña piedra verde oscuro, opaca, que tenía unos picos irregulares por todos lados, como si estuviera hecha con escamas de pescado de diferentes tamaños.

—¡Mírenla a la luz! —exclamó Rodrigo, llevando la piedra a la ventana, para que le dieran los últimos rayos del sol de la tarde. Cuando le daba la luz, la piedra se veía traslúcida. Julio alargó una mano para tocarla y en cuanto lo hizo, sintió una descarga de calor y brincó hacia atrás, agitando su mano como si se hubiera quemado.

—¿Qué te pasó? —preguntó Rodrigo.

—¡Me dio un toque... o algo así! —contestó Julio, poniéndose los dedos en sus labios.

—¡A ver! —dijo Rodrigo.

Julio mostró su mano y todas las yemas de sus dedos tenían ampollas infladas y enrojecidas, como cuando se quemó con la olla del agua.

—¡Chale, Julio! —dijo Pato sorprendido—. Te puso una quemada de la puritita tuna.

—¡Lo veo y no lo creo! —exclamó Rodrigo muy excitado.

—¿Qué es lo que no crees? Esa... cosa me quemó —dijo Julio algo molesto.

—¡Trátala con respeto! —exclamó Rodrigo—. Esto quiere decir que tú eres su verdadero dueño. ¿Sabes qué es esta piedra? Es una moldavita. En realidad, es un fragmento de un meteorito.

—¿De dónde lo sacaste? —preguntó Pato, viendo con incrédula fascinación la quemada de Julio.

—Me lo regaló un amigo yogui que trabajó en la reserva. Él hace mucha meditación, tiene varias piedras y dice que pueden tener un efecto sobre su dueño. Ya ves que hay gente que trae colgando un cuarzo y cosas así. Dicen que las moldavitas ayudan a encontrar el buen camino y sintió que yo andaba medio perdido, por eso me la regaló. Yo no creo para nada en esas cosas, pero me acordé de ti, que te gustan las piedras, por eso te la traje. La cosa es que mi cuate me contó que las moldavitas "escogen" a sus dueños y que cuando las toca alguien sensible a su poder, pueden causar una quemada. ¿Quieres que te diga la verdad? No le creí ni papa, pero ahorita...

—¿Cómo que tienen poder? —quiso saber Julio.

—No sé... eso si no sé. Pero me dijo que está científicamente comprobado que la frecuencia vibratoria de las moldavitas es muy superior a la de cualquier piedra terrestre.

—¡Qué chido!—exclamó Pato, abriendo los ojos.

—Bueno... pues gracias —dijo Julio, torciendo la boca, adolorido por la quemada.

—Tenla —le dijo Rodrigo, extendiendo la mano hacia Julio.

—Ponla en el buró —pidió Julio.

—Si quiere que seas su dueño, no te quemará otra vez, ¿no crees? —dijo Rodrigo.

Julio tocó la piedra con un dedo, después con dos y no sintió nada, así que se animó a ponerla en su mano buena.

—¡Rodrigo! —se oyó un grito estridente de la mamá de Julio, ahora desde la puerta de entrada—. ¡Ya se está haciendo de noche! ¡Van a carretera, ya váyanse!

Rodrigo pegó un brinco hasta la puerta del cuarto y ahí se dio vuelta una vez más.

—¡Adiós! ¡Ponte pomada! —dijo, levantando el pulgar de su mano derecha. Julio y Pato se quedaron ahí parados, sorprendidos por lo que había pasado.

—¿Le vas a contar a tus jefes? —preguntó Pato.

—¿Cómo crees? Van a decir que estoy loco. Me voy a poner pomada y me voy a hacer el que no pasó nada. Lo malo es que fue la derecha.

—¡Eso! —exclamó Pato—. ¿Cómo le vas a hacer mañana en la escuela?

—A ver... —dijo Julio, mientras miraba su mano quemada.

—¡Bueno, mi buen!, yo ya me voy... ba-bay-baygón.

—¡Sale! Te veo mañana —dijo Julio distraído, mientras metía mecánicamente la piedra en el bolsillo de su pantalón y se dirigía al botiquín del baño a buscar una pomada.

Esa noche, después de cenar, Julio se acostó en su cama. Pedro tenía la computadora prendida y estaba terminando un trabajo de la escuela. De pronto, Julio se acordó de su quemada y se miró la mano derecha. Aún se veían las ampollas rojas, pero estaban desinflamadas y ya no le dolían. Cuando se quemó con la olla del agua, el dolor le había durado dos días. Recordó que la piedra estaba en el bolsillo de su pantalón y la sacó para verla otra vez. En cuanto metió la mano en el bolsillo, sintió que la piedra —y su mismo pantalón— estaban tibios. Metió la mano en el otro bolsillo y notó que estaba frío. “¡Qué piedra tan rara!”, pensó, mientras la miraba con atención. Después, la guardó con el resto de su colección de piedras en una vitrina alta y delgada que colgaba de la pared y que tenía muchas repisas pequeñas. Ahí tenía piezas de ojo de tigre, ágata amarilla, oro de tontos, amatista, piedra volcánica del Paricutín, ópalo, obsidiana, cuarzo, malaquita, cristal de roca y calcedonia. Algunas las había comprado; otras se las habían regalado, pero la más grande —y de la que se sentía más orgulloso— era un cristal de roca que encontró en una caverna a la que habían ido con Rodrigo el año anterior. Era del tamaño de medio huevo y se veían dentro de ella capas de diversos colores. Buscó un buen lugar para la moldavita y la puso ahí. Cerró la puerta de la vitrina, se puso la piyama, le dio las buenas noches a Pedro y se acostó. Estaba a punto de quedarse dormido cuando oyó una voz profunda y tranquila que le decía:

—Julio... así que te llamas… Julio...

Julio abrió los ojos y volteó a ver a Pedro, que estaba absorto tecleando en la computadora.

—¿Tú me hablaste? —le preguntó.

—¿Mmm? —contestó Pedro distraído, sin despegar sus ojos de la pantalla—. No, no, para nada...

Julio volvió a acostarse. Se sentía un poco desconcertado. Estaba segurísimo de haber oído una voz diciéndole que se llamaba Julio. "A lo mejor lo soñé", pensó. Se acomodó otra vez para dormir y cuando ya estaba casi dormido, oyó la misma voz muy cerca de su oído derecho...

—Nunca me había tocado alguien de tu edad... —dijo la voz.

Julio se sentó de un brinco y miró enojado a su hermano.

—¡Si eres tú! ¡Me estás hablando aquí cerca!—le dijo, tocándose la oreja derecha.

—¿Qué te pica? —exclamó Pedro, esta vez viéndolo a los ojos—. ¡Estoy muy ocupado! Tengo que entregar esto mañana, ya duérmete y no me interrumpas, ¿quieres?

—¡Ya no quiero que nadie me hable! —dijo enojado—. ¡Quiero dormir!

Julio se puso la almohada sobre la oreja, la apretó lo más fuerte que pudo y después de un rato... se quedó dormido.

TOQUES

El viernes, a la hora de la comida, había gran alboroto en la casa de Julio. Iban a salir todos juntos por tres días pero parecía que se prepararan para una expedición al Sahara por seis meses. El papá se había quitado su habitual atuendo de pantalón y suéter cerrado para ponerse una guayabera almidonada y bastante pasada de moda, pantalones cortos de rayas y huaraches con calcetines. Al verlo, Emi suspiró, miró al techo y prefirió meterse en su cuarto con su amiga Gaby y esperar a que todo estuviera listo y las llamaran para subirse al coche. La mamá caminaba por toda la casa prendiendo lámparas estratégicas, apagando el gas, revisando llaves de agua. Todo el tiempo llevaba el teléfono inalámbrico detenido entre su mejilla y su hombro mientras dialogaba con un alumno suyo cuya tesis revisaba.

—A ver, a ver... repíteme ese último párrafo... no, no, el anterior... ajá, ese... no eso hay que pensarlo otra vez... —decía, mientras doblaba unas toallas y las metía en una maleta.

Julio y Pedro habían metido ya muchas cosas en la camioneta, toda la comida —como para un regimiento—, sus maletas —listas en dos patadas, después de aventar en ellas cualquier cosa—, la computadora portátil de su papá, que nunca dejaba. Una vez terminado su trabajo, Julio se sentó en su cama a escuchar los ires y venires de sus papás mientras terminaban los últimos preparativos. Era bastante raro que salieran todos juntos un fin de semana, pero ahora era cumpleaños de Chepi. Una vez al mes, por lo menos, Julio, Pedro y Emi iban a casa de su abuelita en Tepoztlán a pasar con ella el fin de semana. Esos días eran sagrados para los tres. A pesar de que Emi y Pedro tenían 17 años y que casi todos los fines de semana salían con sus amigos, gozaban mucho los días con la abuelita, pero sus papás no siempre iban. Los dos eran maestros en la universidad y a veces tenían muchos compromisos. Cuando no estaban en sus clases, estaban en casa, leyendo y preparando sus clases, calificando exámenes o revisando las tesis de los alumnos que terminaban su carrera.

Julio estaba sumido en sus pensamientos cuando sonó el timbre: era Pato. En un dos por tres estaba parado en la puerta del cuarto de Julio, con su aspecto desgarbado de siempre, su playera larga que le llegaba casi hasta las rodillas, su pelo castaño despeinado, sus dientes de conejo que le impedían cerrar bien la boca.

—¿Cómo estanques, Juliete? —le dijo al saludarlo.

—Yo vientos, ¿y tuna? —contestó Julio, chocando su puño cerrado con el de su amigo.

—Bien. Qué ajetreo se traen tus jefes. Oye, ¿seguro que cabemos en casa de tu abuelita? Somos un chorro: tus jefes, tus hermanos, nosotros y además, claro, tu abuelita.

—Y Gaby.

—¿Viene Gaby? —preguntó Pato con cara de desagrado y se echó hacia atrás en la cama de Pedro. Ahí tirado, sólo dijo—: ¡Chale!

—Emi convenció a mi mamá.

—Imagínate, somos como veinte —dijo Pato, enderezándose.

—¡Somos ocho, no te azotes! Creo que hay suficientes camas y también hay *sleeping bags*.

—¿Y tu piedra? —dijo Pato, cambiando de tema repentinamente—. ¡Déjame verla!

—Ahí está, en la vitrina —contestó Julio con un movimiento de cabeza.

Pato abrió la vitrina y sacó a la moldavita. La veía con curiosidad. Julio miraba a Pato con cierta inquietud. No tenía ganas de tocar a la piedra otra vez. Sabía que ya no iba a quemarse, pero el hecho seguía pareciéndole muy extraño.

—Estos picos son muy raros —comentó Pato, tocando las formas picudas que sobresalían por toda la superficie de la piedra—. ¿Sabes por qué está así?

—No.

—¿Cómo que no sabes, campeón? Tú eres pura vitamina, siempre andas metido en Internet averiguando cosas primero que nadie.

—Sí... —admitió Julio—. Pero ahora no sé.

Pato no dijo nada pero miró a Julio extrañado, levantando una ceja.

—¡Niños! —gritó la mamá de Julio desde el piso de abajo—. ¡Vámonos!

Pato metió la piedra nuevamente en la vitrina, la cerró, tomó su maleta y echó a andar. Julio lo siguió, pero antes de salir del cuarto, miró a la moldavita y sintió que no estaba bien puesta, Pato no la había dejado igual, así que se regresó y la acomodó. Al tocarla, sintió un deseo irrefrenable de ponérsela aunque fuera un momento en la palma de su mano. Al tenerla ahí, sintió un hormigueo, como diminutas descargas eléctricas. Julio meneó la cabeza desconcertado, estiró la mano para regresar la piedra a la vitrina y en el último momento, decidió meterla en el bolsillo de su pantalón.

Julio bajó corriendo las escaleras. En el asiento de en medio de la camioneta ya estaban subidas Emi y Gaby, tan perfectamente vestidas y peinadas como si acabaran de salir de una revista de modas. El papá estaba recargado junto a una puerta, con su pipa en la boca. A su lado estaban Pedro y Pato. Todos esperaban a la mamá, quien seguía dando vueltas como mayate por toda la casa.

—Julio y Pedro —dijo de pronto—. ¿Está apagada su computadora?

—Sí

—¿Seguro?

—La revisé —aseguró Pedro.

—Okey. Súbanse al coche, ya vámonos —dijo la mamá mientras se ponía unos lentes para el sol.

Pato, Pedro y Julio se acomodaron en el asiento trasero. El papá arrancó el coche y no habían avanzado ni dos metros cuando un chillido de la mamá paralizó a todos.

—¡Espérate! —gritó.

El coche frenó con un rechinido.

—¿Qué te pasa, Marta? ¡No grites así! —dijo el papá enojado.

—¡Guacho! ¡Se nos olvidó encargar a Guacho! —gritó la mamá.

Guacho era el perro de la casa. Era un cocker spaniel café de edad bastante respetable, cuya tranquilidad extrema a veces hacía que pasara desapercibido por todos.

—¿Y ahora qué hacemos? —preguntó el papá con impaciencia.

—No se puede quedar sin comer tres días —dijo la mamá.

—En realidad son sólo dos —apuntó Emi.

—Sin comer y sin tomar agua limpia dos días? —dijo enojado Julio—. A ver, quédate tú.

—Los perros aguantan —intervino Gaby—. Una vez, el perro de mi casa se quedó cuatro días sin comer.

—O sea que en tu casa tratan igual a los perros que a la gente —se oyó decir a Pato en voz bajita. Gaby lo miró con ojos de muerte.

—No podemos dejar a Guacho —dijo Pedro—. Tenemos que traerlo.

—¿Qué? —exclamó Emi—. ¡Todo el coche va a oler a perro!

—¡Ni modo! —dijo la mamá, al tiempo que se bajaba y regresaba a la casa por Guacho.

Un momento después, regresaba cargando al can. Abrió la puerta trasera de la camioneta para que meterlo y, mientras Emi y Gaby lo miraban con cara de desagrado, Julio y Pato le silbaban para que fuera con ellos. Guacho se animó cuando oyó que le hablaban, dio un ladrido y de un brinco se echó a los brazos extendidos de Julio. Y entonces, pasó algo. Todos oyeron el sonido de un chispazo. Pedro, Pato y Julio vieron la luz azul de la descarga. Guacho dio un rápido aullido lastimero, brincó sobre la cabeza de Gaby —desarreglándole todo el peinado—, se escondió abajo de su asiento y ahí se quedó, inmóvil, durante todo el viaje.

—¡Bueno! ¿Qué le hicieron al perro? —preguntó la mamá con cara de incrédulo enojo.

En los asientos de atrás todos miraban atónitos a Julio, quien estaba pálido como una hoja de papel.

—¡Chale! —exclamó Pato—. Eso sí que estuvo chido liro. Nunca había visto un toque así.

—¿Un toque? —preguntó el papá sorprendido—. ¿Eso que se oyó fue un toque?

Julio sólo asintió con la cabeza.

—¿Estás seguro de que no traes ningún aparatito raro?—preguntó Emi.

—No trae nada —repuso Pedro—. Le dio un toque así nomás.

Los papás se miraron extrañados y se encogieron de hombros. Emi se asomó a ver al perro que estaba tieso como un tapete y éste le devolvió una mirada de ojos asustados. Gaby estaba totalmente sorprendida y no dejaba de mirar a Julio con la cara de quien ve a un fenómeno de circo. Tenía el pelo revuelto por el paso de Guacho sobre su cabeza y no se había dado cuenta de dos rasguños que el perro le había hecho en el cuello. Julio se sentía incómodo.

—Bueno, ¿qué miras? —le dijo Pato—. ¡Aquí no hay fiesta!

Gaby se volteó hacia el frente. Al poco tiempo, Pedro y Pato comenzaron a platicar muy animadamente del próximo partido de futbol de la selección nacional, al cual iban a ir. Pero Julio no abrió la boca en todo el camino. Estaba seguro de que ese toque se debía a la piedra y se sentía raro. Era como si algo pasara entre esa piedra y él, algo que no entendía. Para rematar, cuando ya llegaban a Tepoztlán, oyó de nuevo esa voz en su cabeza, la misma que había oído la otra noche.

—¿En dónde estamos, Julio?

Julio volteó a ver a Pato. Venía con los ojos cerrados, oyendo música con audífonos y moviendo la cabeza al compás. Miró entonces a Pedro, quien venía acostado sobre su suéter y se veía bien dormido. Gaby y Emi no podían ser porque la voz que escuchaba definitivamente no era de mujer. Y sus papás venían platicando.

—¿Qué sitio es este? —insistió la voz—. Percibo mucha energía.

En ese momento, Julio empezó a sentir que la piedra que tenía en el bolsillo se ponía caliente. No era un calor que le molestara ni nada, sólo se dio cuenta de que no estaba fría. Estaba seguro de que esa voz tenía algo que ver con la piedra, pero, ¿cómo podía ser? No le parecía tan raro contestarle, pero si los demás lo veían hablando solo, pensarían que estaba totalmente chiflado. Aún así, pensando que estaba loco, dijo muy quedito, tan quedito que sólo él alcanzó a oírse:

—¿Quién eres? ¿Quién me habla?

Esperó unos segundos que se le hicieron muy largos. Por fin, oyó la voz.

—Soy yo, tu piedra.

—¡¿Qué?! —exclamó Julio sorprendido, hablando un poco más fuerte.

De pronto se sintió todo caliente por dentro y muerto de pena. La idea de que lo descubrieran hablando solo le aterrorizaba.

—Sí, soy tu piedra. No hables fuerte. Sé que tienes miedo de lo que digan los otros. Habla en tu mente, yo te oigo.

—Tú no puedes hablarme —pensó Julio, sorprendido de estar haciendo lo que hacía—. Las piedras no hablan ¡Me estoy volviendo loco!

—No estás loco —dijo la piedra—. Yo no soy una piedra común.

—¿No? —pensó Julio—. ¿Entonces, qué eres?

—Lo sabrás a su tiempo. Dime ¿en dónde estamos?

—En la carretera —dijo Julio—. Vamos a casa de mi abuelita.

—¿En dónde es ese lugar?

—Vive en Tepoztlán.

—Ya he oído hablar de ese sitio. Por un momento más no voy a comunicarme contigo. No intentes hablarme, estaré ocupado.

—Oye, ¿qué te pasa? —pensó Julio y al hacerlo, sintió como fruncía las cejas y movía la cabeza enojado—. ¿Quién eres, por qué me hablas y ahora me dices que no intente hablarte?

Pero Julio ya no escuchó ninguna respuesta. Se sentía muy incómodo. Por un lado creía firmemente que se estaba volviendo loco, del tipo de loco que oye voces en su cabeza. Y por otro lado, pensaba que, si la piedra era en verdad una piedra parlante, la cosa estaba muy rara. Mientras tanto, se acercaban a la última curva antes de entrar a Tepoztlán. Esa curva anunciaba que la casa de abuelita Chepi estaba cerca y eso reconfortó el corazón de Julio y lo hizo sentirse contento.

EN CASA DE ABUELITA CHEPI

Chepi, quien en realidad se llamaba Josefina, se había ido a vivir a Tepoztlán 20 años atrás, cuando murió su esposo. A los dos abuelitos siempre les había gustado mucho el pueblito de Tepoztlán y lo visitaban con frecuencia, hasta habían rentado una casa ahí para ir los fines de semana. Cuando Chepi quedó viuda, la mamá de Julio le dijo que fuera a vivir con ellos, pero la abuelita se negó, diciendo que nada tenía que hacer una suegra en un hogar de recién casados. Decidió vender su casa en la ciudad de México e irse a vivir al lugar que tanto les había gustado a ella y a su esposo, donde se dedicaría a coser ropa de manta. Desde entonces, su hija la iba a visitar por lo menos un fin de semana al mes y Chepi iba todos los martes a la ciudad para ver a sus nietos.

La camioneta avanzaba brincando por las calles empedradas de Tepoztlán. Pedro ya se había desperezado y Pato se había quitado los audífonos. Comenzaba a atardecer, faltaba poco para que se pusiera el sol.

Al dar la vuelta en una pequeña y estrecha callecita, vieron la casa de Chepi. Como muchas otras casas de Tepoztlán, sus muros eran de adobe y el techo de teja. Para Julio y sus hermanos, la casa de Chepi era un lugar donde se respiraba felicidad. Tocaron la campana y un momento después, la abuelita les abría el portón de par en par.

Uno a uno se fueron bajando de la camioneta. Al final, sólo quedaban dentro Julio y Pato. De pronto, Chepi apareció en la puerta del coche, con los brazos extendidos.

—¿Qué? ¿No vas a venir a saludarme? —le preguntó a Julio.

Julio abrazó a Chepi con cariño y ella le dio un beso en la cabeza.

—¿Qué tal, Pato? —dijo Chepi. Pato se acercó a darle un beso y ella lo abrazó.

Una vez en el vestíbulo, la abuelita los distribuyó en los cuartos:

—Los papás en el cuarto de siempre, las niñas en el cuarto de visitas, ahí hay dos camas y los niños en mi costurero, ahí hay un sofá cama y pondremos colchonetas y un *sleeping bag*.

Todo el mundo se dispersó para acomodar sus cosas. El costurero de Chepi estaba en el tercer piso. En realidad, ese espacio era antes una azotea, pero cuando la abuelita comenzó a aumentar su producción de ropa de manta, notó que necesitaba un lugar más grande para poner sus cosas. Por eso decidió construir un cuarto ahí.

Una hora más tarde, el aroma de pan recién hecho llenaba toda la casa. La abuelita y la mamá habían hecho unos panqués mientras se contaban todo lo que había pasado en los últimos tres días. El papá estaba trabajando con su computadora. Emi y Gaby llegaron después y ayudaron a preparar los sándwiches para la cena. Cuando todo estuvo listo, Emi subió al costurero para avisarles que era hora de cenar.

—¡Ay! —se quejó Emi cuando entró al cuarto—. ¡Este cuarto ya huele a patas y no tienen ni una hora aquí metidos! Dice mi mamá que ya se vengan a cenar.

En unos minutos todos estaban sentados a la mesa. Abuelita Chepi acababa de poner en el centro una gran jarra de barro con chocolate. Pato no decía nada, pero miraba la mesa con panqués recién horneados, sándwiches, agua de limón, fruta y chocolate y se le hacía agua la boca. En su casa, la cena normal era un yogurt y un plato de cereal dietético que cada quien debía servirse.

Cuando habían terminado de cenar, sonó el teléfono. Emi pegó un brinco y miró nerviosa a todos.

—Creo que... es para mí —dijo, hablando quedito.

—¿Ah, sí? —dijo el papá, levantando una ceja mientras sacaba su pipa y su tabaco. El teléfono seguía sonando—. ¿Y quién es?

—Ya contéstalo, Emi —dijo Julio

Emi se paró y fue corriendo al teléfono.

—¿Bueno? —dijo muy seria, pero al oír la voz del otro lado de la línea, su expresión cambió completamente y sonrió con dulzura. Pedro, Julio y Pato intercambiaron miradas de cejas alzadas.

—¿Cómo estás? —dijo, con voz melosa. Los papás se miraron extrañados. Abuelita Chepi se levantó y fue por la bolsa de su costura.

—Yo bien, aquí, con mi familia —continuaba Emi, echándole un rápido vistazo a los de la mesa, que la miraban sin pestañear.

—¿Mañana? ¡Claro! Vamos a comer aquí, es cumpleaños de mi abuelita —dijo Emi, mientras enroscaba un tirabuzón de cabello en su dedo índice.

—¿A las cuatro y media? ¡Perfecto!... Nos vemos —dijo con una voz que derramaba miel—. Adiós.

En cuanto colgó, Emi suspiró largamente y regresó a sentarse a la mesa. Tenía una mirada soñadora. Pedro, Julio y Pato la observaban con gesto burlón.

—¿Con quién hablabas? —preguntó el papá, quien aspiraba su pipa sin haberla prendido.

—Con... un amigo—contestó Emi, tratando de evitar la mirada de su papá.

—Un amigo que viene mañana a las cuatro y media —apuntó la mamá.

—Pues... sí —dijo Emi.

—¿Y cómo se llama el amigo? —inquirió el papá.

—Juan Antonio.

—Ah.

—¿Y... desde cuándo ves a este amigo? —preguntó ahora la mamá.

—Lo vi nada más una vez, en casa de Gaby, hace como dos semanas. Es su primo.

—¿Y qué hace aquí? —agregó el papá.

—Sus papás tienen una casa aquí y vienen los fines de semana.

Pedro, Pato y Julio intercambiaron miradas cómplices.

—Emi-está-enamorada, Emi-está-enamorada —comenzó a canturrear Julio, mientras golpeaba la mesa con las palmas de las manos, siguiendo el ritmo. En dos segundos, Pato y Pedro se habían sumado al canto.

—¡Ya cállense! —dijo Emi cambiando la dulce voz que le habían oído en el teléfono por una un tanto diferente.

—Bueno —dijo la abuelita guiñándole un ojo a Emi—. Está en edad y además es muy bonita. Es natural que tenga un pretendiente… o varios.

—Gracias, abue —dijo Emi echándole una rápida mirada a su papá, quien por fin se había acordado de prender su pipa.

—Y cuéntame, Pato... —dijo abuelita Chepi, cambiando de tema— nunca he sabido bien cuál es tu nombre. Y ahorita estaba yo pensando, ni modo que se llame Pato.

—Me llamo Patricio, pero desde que me acuerdo, todos me dicen Pato.

—Sí... yo siempre te he dicho Pato—convino la abuelita—. ¿Hace cuántos años eres amigo de Julio?

—Desde que íbamos en kinder —dijo Julio mientras ponía una mano en la cabeza de Pato y lo agachaba hasta la mesa.

—Teníamos cuatro años —agregó Pato, quitando la mano de Julio de su cabeza—. O sea que tenemos nueve años de ser amigos.

—Pato es como un hermano adoptivo —dijo Pedro.

—Así es —intervino la mamá, mientras se servía un vaso de agua de limón—. Yo siempre lo cuento como un hijo más cuando hago la comida. Por lo menos tres veces a la semana, comes con nosotros.

—Ajá —contestó Pato, asintiendo con la cabeza. Al hacerlo, su fleco lacio brincaba un poco de arriba a abajo.

—Oye, ¿y tus papás? ¿trabajan los dos? —preguntó Chepi—. ¿Tu mamá no te extraña? Digo, es que pasas más tiempo con Julio que con tus papás.

—Es que mi mamá tampoco está en mi casa —dijo Pato muy quitado de la pena.

—¿Y tus hermanas? —agregó la mamá de Julio.

—¿Tienes hermanas? —preguntó la abuelita sorprendida.

—Pues sí —dijo Pato, con cara de resignación—. Tengo tres, dos grandes y una más chica. Pero no me pelan mucho.

—¿Cómo que no? —preguntó el papá.

—Mire, mi mamá y mis hermanas grandes se la pasan en las "curas": la manicura, la paticura, la chismecura, son las reinas y no trabajan en nada pero nunca están en la casa. Y mi hermana chica dice que es princesa, se viste todo el día de largo y se pone los tacones de mi mamá.

—¿Se viste de princesa? —preguntó Emi.

—Sí. Cuando no es Popocienta, es Popó Nieves. Así le digo yo y no le gusta, hace mucho berrinche, sobre todo cuando le digo Caca Durmiente.

—¿Y cómo te dicen en tu casa? —preguntó la mamá mientras tomaba un sorbo de su agua de limón.

—A mí me dicen almorrana.

La mamá se atragantó con el agua, mientras el papá y abuelita Chepi se reían. Pedro y Julio lo miraban divertidos, pero Emi y Gaby tenían una cara de asco inocultable.

—Eres un cochino, Pato, un cochino y un vulgar —le dijo Emi.

—¡Eres un cerdo! —agregó Gaby.

—¡En serio! —dijo Pato tranquilamente—. Así me dicen todas: "eres más molesto que una almorrana".

—¿Y tu papá? ¿Qué vendría siendo?—preguntó el papá de Julio.

—¡Ay señor! —exclamó Pato—. ¡Imagínese, si yo soy una almorrana!

—Creo que yo ya me voy a dormir —dijo Chepi de pronto, guardando su costura.

—Yo voy a trabajar un rato más —dijo el papá de Julio.

—Yo voy a levantar la cocina —dijo la mamá.

Pedro, Pato y Julio salieron un rato al jardín para ver bichos nocturnos y después se fueron a la cama. Apenas puso la cabeza en la almohada, Pedro se quedó dormido y empezó a roncar. Julio y Pato estuvieron despiertos un rato más.

—Hace mucho que no ponemos al día la lista de chupamocos —comentó Pato.

—Hace una semana —dijo Julio.

—Son muchos días.

—No hay nadie nuevo para agregar.

—¿Ya pusimos a Gaby? Es re-chupamocos —dijo Pato.

—Sí, ya la pusimos. Es más, ella estaba antes que su mamá.

—La mamá sigue siendo la mera mera.

—Pero claro —afirmó Julio.

—¿Quitamos a Sergio, el de tercero?

—No. Esta semana lo vi y todavía estaba chupamocos.

La lista de chupamocos era una costumbre que Pato y Julio habían iniciado desde que iban en preprimaria. Todos los que les caían mal, entraban en la lista de chupamocos. Ahí habían estado no sólo compañeros de la escuela y maestros, también las respectivas hermanas, papás, mamás, tíos, primos, de todo. Sólo tres personas se habían salvado de estar en la lista en todos esos años: abuelita Chepi, Rodrigo y Pedro. Algunos, eran miembros honorarios o sea que nunca se borraban, como el profesor de física o las hermanas de Pato. Otros, eran miembros transitorios que iban y venían. Siempre había un presidente o presidenta que era el más sangrón que en ese momento conocían. La presidenta en ese momento era la mamá de Gaby, que habían conocido una vez que fue a casa de Julio a recoger a su hija. Ellos estaban jugando a los globos de agua y por error le habían arrojado uno a la señora, que iba muy arreglada. Ella les puso una regañiza feroz y desde entonces, era la Presidenta Ejecutiva del Club de Chupamocos. La lista de miembros se actualizaba constantemente, aunque a veces pasaban dos o tres semanas sin que se acordaran de ella.

—Bueno Julio, ya me dio sueño. Te veo mañana —dijo Pato.

—Sale —dijo Julio, volteándose—. Buenas noches.

—Eso.

Julio se durmió luego luego, pero tuvo un sueño inquieto. De pronto, abrió los ojos bien redondos y aguzó los oídos. Esperaba escuchar una voz en su interior, pero lo único que oyó fueron los ronquidos de Pedro y el canto de un gallo en algún lugar cercano a la casa de su abuelita.

"Los gallos cantan entre las cuatro y las cinco de la mañana", pensó. Y, sintiendo curiosidad por ver la hora, se levantó cuidadosamente del sofá cama y caminó hacia la mesa donde había dejado su reloj. Lo miró: eran las 4:50 de la madrugada. De pronto, Julio se sintió espabilado y sin sueño. Miró hacia fuera por una de las ventanas que daba al jardín. Un tlacuache corrió cuando sintió movimiento en la ventana y huyó trepando por una enredadera. De pronto, Julio pensó en la piedra. Fue un recuerdo punzante, como una espina dentro del calcetín. En realidad, todo el tiempo la tenía en la mente, pero trataba de pensar en otra cosa. Este era buen momento para "hablar" con ella, para salir de dudas, para estar seguro de que estaba cuerdo. La piedra todavía estaba en su pantalón, así que la sacó con cuidado. Notó que ya no estaba caliente. Miró a sus compañeros de cuarto y, aunque estaban profundamente dormidos, Julio pensó que no era buena idea intentar un diálogo ahí mismo, así que tomó su suéter, atravesó de puntitas la habitación, abrió la puerta con cuidado y se deslizó por las escaleras hasta llegar a la sala. Echó un ojo a los sillones, pero sintió que tampoco estaría tranquilo ahí. Se asomó por una ventana y vio la banca del jardín. Ese era el lugar perfecto.

Al entrar en la cocina, vio a Guacho. Estaba dormido. En cuanto el perro oyó ruido, se enderezó.

—Soy yo, Guacho —dijo Julio.

Inmediatamente, Guacho pegó la cabeza al piso y lo miró con ojos asustados, dando un leve quejido. Julio abrió la puerta de la cocina y se escurrió al jardín. El frío de la madrugada lo hizo estremecerse. Se acordó de su suéter y se lo puso, pero los pantalones de su piyama eran muy delgaditos y seguía sintiendo mucho frío. Caminó hasta la banca, se sentó y volvió a estremecerse: estaba helada. Julio y Chepi llamaban a esa la Banca de los Secretos, pues sentados en ella habían compartido muchos pequeños secretos. Los secretos de su abuelita se referían, casi todos, a las visitas que hacían a su jardín algunos animales del campo. Chepi le contó del cacomixtle que la visitaba todas las noches para que ella le diera de comer. Después le contó de varios cardenales que venían a un comedero que ella había puesto en el jardín y de un picamadera que hizo su nido en el árbol que estaba junto a su ventana y todos los días la despertaba poco antes de que saliera el sol con su toc-toc-toc-toc. Julio también le había contado sus secretos de infancia, como el día que se había llevado un bote de plastilina de la escuela a su casa, o cuando él y Pato metieron unas cochinillas en la mochila de una niña que siempre les sacaba la lengua.

Julio sonreía mientras recordaba. En medio de la noche, lo único que se oía era el canto de cientos de grillos. Era un sonido que siempre había oído en casa de Chepi y en algún lugar de su corazón, lo tranquilizaba. De pronto, Julio miró al cielo. Era una noche sin luna, clara y estrellada. Hacía mucho que no veía una noche así. Julio se quedó un largo rato contemplando el cielo. Sin la luz de la luna, las estrellas brillaban a sus anchas. Una estrella fugaz le recordó a Julio por qué había bajado al jardín. Tenía la piedra en su mano, sentía con sus dedos sus bordes picudos. Se la acercó a la cara, la miró fijamente.

—¡Piedra! —le dijo en voz alta—. ¡Aquí estoy y quiero hablar contigo!

—Estaba esperando que lo hicieras —contestó la misma voz profunda, aunque ahora se oía débil. Julio se sintió desconcertado.

—Mira, me estoy impacientando —dijo Julio un poco molesto—. Dime quién eres y más vale que sea algo convincente, porque pienso dejarte aquí, junto a las piedras del camino. No me gusta pensar que estoy medio loco y hablo con piedras.

—No tienes que hablar —contestó la piedra—. Sólo piensa lo que me quieras decir.

—No es igual.

—Para mí es igual —dijo la piedra.

—No puedo.

—Inténtalo.

Julio cerró los ojos. No le gustaba "hablar" con la mente. Por fin, se animó.

—¿Qué piedra eres? ¿Qué eres? —pensó.

—¿Ya ves? Sí puedes.

—¿Quién eres? —insistió Julio en su mente, frunciendo las cejas.

—¿No te has dado cuenta?

—¿De qué?

—No soy una piedra nada más.

—¿Qué eres?

—Soy... un ser.

—¿Qué?

—No soy un ser de tu planeta.

—¡¿Qué?! —dijo Julio en voz alta, abriendo los ojos como platos mientras miraba sorprendido a la piedra.

—Vengo de otro planeta.

—Ahora sí estoy loco —dijo Julio.

—No lo estás. Piensa en esto, Julio: tú tienes ojos, yo no. Tú ves lo que te rodea, yo lo percibo. Sé que no estás dentro de la casa, por la temperatura. Sé que no es de día porque los rayos de tu sol me dan algo de energía y ahora me siento muy débil. Sé que de noche, en tu planeta, pueden verse las estrellas. Yo percibo su luz muy débilmente. Mira el cielo.

Julio miró receloso al cielo que unos minutos antes había admirado.

—¿Qué ves? —preguntó la piedra.

—Estrellas —pensó Julio.

—¿Cuántas?

—Muchas. Miles.

—Estas estrellas que los humanos alcanzan a ver, son una millonésima parte de todas las que existen.

—Pero no existen los extraterrestres.

—¿Pensarías que no hay vida en otro planeta cuando hay millones y millones de galaxias tan diversas y lejanas que tu mente no alcanza a imaginarlas?

—No puede ser —dijo Julio, meneando la cabeza.

—Sí puede ser. Mira las estrellas.

Julio miró a la piedra con detenimiento. Luego vio el cielo. Estaba desconcertado. Deseaba no haber salido al jardín y haber aventado la piedra a la calle. No dejaba de pensar que estaba cada vez más chiflado.

—No estás loco —dijo la piedra.

—¿Por qué dices eso?

—Sé lo que estás pensando, aunque no me lo digas. Hace unos minutos pensabas en tus recuerdos, en las cosas que tu abuela y tú se han contado en esta banca. Pensaste en unas aves y en unos animales.

Julio abrió la boca y los ojos sorprendido.

—Ahora mismo estás pensando en los toques —continuó la piedra—. El que nos dimos cuando me tocaste y el que le diste al perro.

—Sí... estaba pensando en los toques —dijo Julio en voz alta, incrédulo.

—Esos toques fueron energía —explicó la piedra.

—¿Energía?

—Sí. Los seres humanos están llenos de energía, la percibo muy bien, pero casi ninguno se da cuenta de eso.

—¡Eso es mentira! —pensó Julio, meneando la cabeza.

—No. Yo no tengo los mismos sentidos que tú, no toco, ni oigo, ni veo, ni huelo, yo *percibo.* De esa manera conozco. Y percibo mucha energía en la especie humana, sin embargo, es una energía encerrada. También en este lugar hay mucha energía... Veintiún puntos energéticos, para ser exactos.

—¿Y yo por qué doy toques? —preguntó Julio.

—Tú tienes mucha energía en libertad. No había conocido a un humano con tanta energía libre, eso causó la reacción entre nosotros. Por eso, después de que me tocas, le das toques a otras cosas o seres.

—¿Seguirá pasando?

—El intercambio de energía es inevitable.

Julio miró a la piedra. Era extraño, pero de pronto se sintió tranquilo. Ya no pensaba que estaba loco. Eso era real, los toques eran reales. La comunicación con la piedra también.

—¿Cómo llegaste a la Tierra? —preguntó, sintiendo cada vez más confianza.

—Mi especie vivía en un planeta cuyo nombre no tendría sentido en lenguajes humanos. Un día, un asteroide chocó con nuestro planeta y lo voló en pedazos.

—Pero, ¿cómo estabas tú metido dentro de esta piedra?

—Nosotros utilizábamos las rocas para vivir. Con la explosión no me desintegré, seguí viviendo dentro de la piedra y así, siendo un trozo de planeta, viajé por el espacio.

—¿Cómo?

—El universo entero es energía. Dentro del cosmos hay cinturones de energía que nosotros conocíamos bien. A través de ellos viajábamos por el espacio. Al estallar mi planeta seguramente salí disparado hasta ser atrapado por algún cinturón de energía.

—Los cinturones de energía son como... ¿carreteras en el espacio? —preguntó Julio intrigado.

—Algo parecido.

—¿Y cómo llegaste a la Tierra?

—En algún momento, la roca se acercó a tu Sistema Solar y la fuerza gravitacional la atrajo. Viajé dentro del Sistema Solar durante lo que ustedes llaman siglos. Al fin, el pedazo de planeta convertido en un meteorito se acercó a la atmósfera de la Tierra y cayó.

—¡Guau! —dijo Julio en voz alta—. ¿Hace cuánto?

—Hace catorce millones ochocientos setenta y tres mil años, con diez meses y diecisiete días, en la cuenta terrestre.

—¡No inventes!

—No invento.

—Y... ¿por qué sigues dentro de la piedra?

—No tengo suficiente fuerza para salir. En mi planeta utilizábamos las rocas como morada cuando recargábamos energía. Algo así como un mes al año en la cuenta humana. Yo estaba dentro de una roca cuando el planeta estalló y aquí me he quedado.

—¿De dónde salía su energía?

—De nuestro sol.

—Pero nosotros también tenemos un sol.

—Este sol es principalmente de helio. Nuestro sol era de un compuesto diferente. También tenía helio, pero se formaba con otros gases que no he percibido en la Tierra. Su luz era azul y nos alimentaba. Sin la luz de tu sol me habría desintegrado hace millones de años, pero no es suficiente para nosotros.

—¿Nosotros? ¿Hay más como tú?

—No era el único que viajaba en la misma roca. Pero no sé qué fue de los otros. Lo cierto es que al chocar con la Tierra, el meteorito estalló y se fundió en miles de trozos de vidrio.

—O sea que... hay más como tú... —pensó Julio, con la mirada perdida, imaginando cuánta gente andaría por ahí platicando con sus piedras. ¿Acaso todos los que tenían una sabían lo que era?

—Los humanos nos llaman moldavitas, porque caímos en la región de un río que se llama Moldavia.

Julio se sentía emocionado. De pronto pensó en las mil preguntas que podría hacerle a la piedra ...¡14 millones de años en la Tierra!, además, estaba su pasado extraterrestre. En ese momento sintió que alguien colocaba un chal sobre sus hombros. Julio se asustó y pegó un brinco. Al voltear, vio a su abuelita, sonriente.

—¿Qué haces afuera, Julio?

—Nada... yo...—Julio cerró su mano y se tapó con el chal. De pronto se sintió apenado. En sus trece años siempre le había contado a Chepi todo lo que le pasaba, pero ahora no quería que supiera lo de Moldavita. "No hables con mi abuelita" le dijo a la piedra.

—¿Saliste a ver el amanecer? —preguntó Chepi.

—Este... sí —dijo Julio, sin poder pensar en nada mejor. Él sabía que su abuelita se levantaba todos los días muy temprano, pero mientras platicaba con la piedra no se había dado cuenta de que ya estaba amaneciendo. Miró a Chepi, quien lo abrazaba mirando distraídamente hacia la serranía.

—Esta es la hora del día que más me gusta —comentó la abuelita—. Mira esas piedras.

Julio suspiró. Era cierto que a esa hora del día, la serranía tepozteca se veía todavía más enigmática. Una luz dorada bañaba lentamente las piedras y las pintaba de tonos rosados y amarillos. Al verlas, Julio tuvo la seguridad de que había una energía que envolvía al pueblo.

—¿Te digo un secreto? —le dijo la abuelita, como siempre que iba a compartir con él algo importante que nadie más sabía.

—¿Qué? —dijo Julio, sintiéndose mal por no tener ganas de contar el suyo.

—Tengo un amigo que no conoces.

—¿Quién? —preguntó Julio.

—Se llama James. Es un señor de Estados Unidos.

—¿Un gringo? —exclamó Julio, alzando las cejas sorprendido.

—Pues sí, es un gringo.

Chepi miró a Julio directo a los ojos. Julio la miraba muy tranquilo, esperando escuchar más datos del gringo. Chepi sonrió.

—Yo le digo Jim porque James se me hace muy estirado.

—¿Y es buena onda?

—Sí, es muy buena onda —dijo la abuelita entusiasmada.

—¿Es joven?

—¡Ay, no! —rió Chepi—. Es más grande que yo. Pero ¿sabes qué? Es muy chistoso. Ya lo verás, hoy va a venir a comer.

—¡Es cierto! —gritó Julio, brincando de pronto—. ¡Hoy es tu cumpleaños! ¡Felicidades, Chepi!

Julio le dio a su abuelita un abrazo muy apretado.

—¡Sabía que no lo ibas a olvidar, cabezón! —dijo la abuelita, muy contenta, tocando la cabeza de su nieto como si fuera una puerta—. Acompáñame adentro, vamos a hacer el jugo de naranja.

Al entrar en la cocina, Guacho estaba esperando impaciente, rascando la puerta. Quería salir al jardín y no podía abrir la puerta con la pata. En cuanto Chepi abrió, Guacho salió disparado pero al encontrarse con Julio se detuvo en seco y se regresó a la cocina gimoteando y con el rabo entre las patas.

—Pero, ¿qué le pasa a este perro? —dijo Chepi sorprendida.

—Quién sabe —dijo Julio quitándose pronto de la puerta. En cuanto Guacho vio el camino libre, salió corriendo todavía con la cola escondida.

Después de haber hablado con Moldavita en la mañana, Julio se sentía impaciente por encontrar un momento para continuar la plática, pero no fue posible. Su mamá les pidió a él y a Pato que las acompañaran a ella y a Chepi al mercado, tenían que comprar algunas cosas. Los sábados son los días que más turistas hay en Tepoztlán así que costó mucho trabajo encontrar un lugar para estacionarse, con todo y que era temprano. Julio se había llevado a Moldavita en el bolsillo del pantalón, pensó que quizás le gustaría "percibir" las cosas del mercado. Al subirse al coche para regresar a la casa, Chepi suspiró cansada.

—¿Te duele algo, mamá? —le preguntó la mamá de Julio.

—No debe ser nada. Yo creo que me torcí —dijo la abuelita.

Al llegar a la casa madre e hija, ayudadas a ratos por Emi y Gaby, se pusieron a prepara la comida favorita de Chepi: tacos de chicharrón con aguacate y salsa verde, arroz rojo, cecina asada al carbón, ensalada de nopalitos con jitomate, café de olla y pastel. La abuelita quiso comer en el jardín así que entre todos sacaron la mesa redonda del comedor, la pusieron a la sombra de un árbol de aguacate y Chepi sacó su mantel más bonito, su vajilla más elegante y sus servilletas de colores. Cuando la mesa estuvo lista, la mamá de Julio contó los lugares: había 9 y ellos eran 8.

—Hay un lugar de más —dijo la mamá.

—No —repuso Chepi—. Somos nueve.

—¿Cómo que nueve?

—¡Ah! —dijo Chepi levantando la mano derecha con el dedo pulgar en alto—. Yo tengo otro invitado. Al decir esto, echó una mirada sonriente a Julio, que andaba por ahí tomando un vaso de refresco con Pato. Julio se rió.

—¿Cuál es el misterio? —dijo la mamá, intercambiando miradas con los dos—. ¿A quién invitaste?

—A un amigo. Es mi cumpleaños, ¿no? —dijo Chepi, mientras caminaba hacia la cocina.

La mamá de Julio se quedó ahí de pie, desconcertada. Luego se metió en la casa, meneando la cabeza.

JIM Y TESORO

A las dos en punto, alguien tocaba la campana. Seguramente era el invitado de Chepi, así que la mamá de Julio se adelantó a todos y salió casi corriendo por la cocina para ver quién era. Al llegar a la puerta, abrió la mirilla.

—¿Quién es?

—Jim —contestó desde afuera un hombre altísimo, que se agachó un poco para mostrar su cara a través del hueco.

"Conque Jim...", se dijo la mamá de Julio mientras abría la puerta.

Una vez dentro de la casa, Jim puso en el suelo una enorme canasta de mimbre llena de mangos de Manila. En la otra mano, llevaba un gran ramo de alcatraces, las flores favoritas de Chepi.

—Buenas tardes —dijo, quitándose el sombrero de paja e inclinando la cabeza. La mamá de Julio notó el acento de quien habla inglés—. Usted debe ser *Martha.*

La mamá de Julio tardó un poco en contestar, estaba sorprendida. Jim era un gigante de dos metros de estatura, bastante corpulento. Su pelo, algo largo, debió de haber sido rubio alguna vez, pero ahora estaba casi completamente blanco, sólo uno que otro mechón amarillo se alcanzaba a ver aquí y allá en su cabeza y en su tupida barba. Tenía unos ojos verdes sonrientes que le recordaban la mirada alegre de Chepi. Vestía una camisa de manta muy suelta, unos pantalones de mezclilla y unos zapatos de lona café.

—Este... sí... yo soy Marta —dijo la mamá, dándole la mano—. Buenas tardes.

Jim resultó muy divertido. Tenía 70 años y desde los 30 vivía en México. Había comprado una finca de mangos en la cercana Yautepec y vivía de la venta de la fruta. Sin embargo, Tepoztlán le gustaba mucho, iba de visita todas las semanas y unos meses atrás, había conocido a Chepi en el mercado. Desde entonces se habían hecho amigos.

Jim se sabía mil historias del lugar y los tuvo muy entretenidos durante la comida. Al terminar de comer, se echó hacia atrás en su silla, sonriendo contento.

—Ésta fue la mejor comida que he probado en meses—dijo dándose unas palmadas en la barriga.

—Todo estuvo muy bueno —convino el papá de Julio.

—Estas piedras lo ponen a uno hambreado —dijo Pato, mirando a la serranía.

—Eso puede ser cierto —dijo Jim—. En este lugar hay una energía especial.

—¿Qué energía? —preguntó Julio, recordando súbitamente lo que dijo Moldavita.

—Vibras —dijo Jim, frunciendo la nariz y moviendo la mano en círculo—. Los que vivimos aquí sentimos esa energía. Nadie sabe si viene de la Tierra misma o del cielo. O de los dos.

—¿Del cielo? —preguntó Julio, sintiéndose cada vez más interesado.

—¡Bueno! —exclamó Jim poniendo cara de sorpresa—. Chepi vive aquí hace 20 años, ¿y ninguno de ustedes ha visto...?

—¡Jim! —interrumpió de pronto Chepi, fingiendo una cara seria—. No les cuentes esas cosas a los muchachos. Ya parece que su abuelita les va a estar contando las historias locas de los hippies de aquí.

—Pero tú y yo vimos....

—Ayúdame a traer el pastel —dijo Chepi, poniéndose un poco más seria.

Jim volteó a ver a Julio y le hizo una cara de ojos aplastados muy chistosa.

—Después platicamos tú y yo... —le dijo en voz baja.

Julio sentía que su corazón latía a mil por hora. Jim había estado a punto de contar algo muy bueno, él lo sabía.

—¿Oíste a Jim, Moldavita? —pensó.

—Sí.

—Viste... oíste... ¡Bueno! ¿Supiste qué pensaba?

—Sí. Iba a contar algo que tu abuelita y él vieron en un cerro.

—¿Qué era?

—Todavía no lo decía y yo no puedo percibir pensamientos que no están presentes en la mente.

—¿Qué transita por tus venas, campeón? —le dijo de pronto Pato, dándole un codazo.

—¡Nada! —dijo Julio, distraído.

—¡Estás en la luna! —insistió Pato.

En ese momento, alguien tocó la campana. Emi se levantó de un brinco y corrió a la casa. Pedro fue a abrir la puerta. Dos minutos después, Chepi y Jim llegaban a la mesa con el café y el pastel y Emi regresaba envuelta en una nube de perfume. Como un rayo, se había arreglado el pelo y se había pintado la boca. Su papá la miró muy serio y volvió la mirada hacia la puerta. Pedro ya había abierto y esperaba a que alguien entrara. En la calle se oía repetidamente el sonido de un claxon, como cuando se pone una alarma de coche. Pero el que había tocado la campana, todavía no entraba. Al fin alguien entró, saludó a Pedro y comenzó a caminar hacia el jardín. Gaby le dio un pellizco a Emi, quien se mordía los labios y no quería voltear hacia la puerta. Era un muchacho un poco más bajo que Pedro, pero extremadamente musculoso. Caminaba despacio, contoneando ligeramente los hombros, como un boxeador de peso completo que se dirige al ring a defender su título. Su fleco debía de ser largo y llegarle hasta la nariz, pero lo tenía perfectamente relamido hacia atrás con gel. Llevaba unos lentes oscuros a la última moda y una camisa de manga corta color durazno que le permitía presumir unos brazos de levantapesas. Todos en la mesa lo miraban sin hablar. Cuando se acercó al grupo, se quitó los lentes y los colocó en su camisa. Tenía unos ojos color miel muy bonitos y sus pestañas eran largas y tupidas, pero su mirada era arrogante. Emi se levantó con sigilo y se acercó a saludarlo con un beso en la mejilla.

—Buenas tardes —dijo él echando un rápido vistazo a todos en la mesa, levantando la barbilla. En cuanto vio a Gaby, alzó la mano—: Hola, prima.

—Les presento a Juan Antonio. Es primo hermano de Gaby.

—Mucho gusto eh... Juan —dijo el papá, dándole la mano.

—¡Llegas en buen momento! —dijo Jim—. Vamos a comer pastel.

—¿Cómo te dicen, Juan o Antonio? —preguntó la mamá al darle la mano.

—Juan Antonio —contestó él—. Así se llaman mi abuelo, mi papá y también yo.

—Uy sí, Juan Antonio tercero —dijo Pato muy quedito. Él y Julio se rieron y Emi les echó ojos de pistola.

—¿Cuántos años tienes? —preguntó el papá, sacando su pipa.

—Diecinueve.

—¿Y qué estudias?

—Economía.

Emi lo miraba y se le caía la baba. De pronto Chepi puso dos velitas sobre el pastel, un 6 y un 9.

—¡Hora de las mañanitas! —exclamó Jim, mientras prendía las velitas.

Todos entonaron las mañanitas, Jim con un vozarrón que tenía a Pedro, Pato y Julio doblados de risa.

—Tengo que ir un momento a la finca —dijo Jim cuando todos se habían acabado su pastel—. Hay algunos trabajadores y tengo que pagarles. Me gustaría que me acompañaran, para que la conocieran.

—¡Yo voy! —dijo Pato

—¡Y yo! —añadió Julio emocionado.

—Papá... eh... —dijo Emi, poniéndose muy roja de repente—. A Juan Antonio y a mí y… también a Gaby, nos gustaría ir a tomar un café por ahí.

—¡Ah! ¡Buena idea! —dijo el papá y mirando fugazmente a Pato y a Julio, agregó—: ¿Por qué no se llevan a Pato y a Julio a tomar un helado?

A Pato y a Julio se les congeló la risa en la boca y también a Emi.

—Yo no quiero un helado. Yo quiero ir a casa de Jim —dijo Julio muy serio.

—Es que no pensábamos ir por un helado —repuso Emi.

—Las nieves son lo mejor que puede tomarse aquí —dijo el papá, mirando a Julio con cara de no discutas y levantando una ceja.

—Pero... —comenzó a decir Pato.

—¡Yo quiero que me traigan un litro de nieve de mango con chile! —dijo de pronto Chepi, levantando una mano—. Hace mucho que no la pruebo.

Jim y Pedro miraban la escena divertidos. Jim sonreía abiertamente. Cuando todos se levantaron de la mesa, se acercó al papá.

—Una sola hija —le dijo, dándole palmadas en el hombro. Te entiendo, yo también pasé por eso. Ahora mis nietos tienen más de diez años.

—¡Falta muuucho para los nietos! —dijo el papá.

Mientras Emi y Gaby se arreglaban un poco más, Pato y Julio esperaban en el jardín con cara de funeral. Pedro se acercó a ellos.

—Ven con nosotros —dijo Julio.

—No —dijo Pedro—. Yo voy a la casa de Jim.

—¿Para qué vamos? Ya llevan a Gaby —dijo Pato con cara de fastidio.

En eso, Emi y Gaby salieron de la casa y caminaron directo hacia ellos.

—Vienen de chaperones, ni modo —dijo Emi en un tono muy poco amistoso—. Pero más les vale portarse bien y no salir con ninguna babosada.

—Y ninguna grosería. Juan Antonio es muy fino —añadió Gaby mirando a Pato con ojos de perforadora.

—¿Qué rollo Goyo? Si no hemos hecho nada y ni queríamos ir —dijo Pato.

—Ellos no están haciendo nada, así que cálmense —les dijo Pedro a la niñas y chocando el puño cerrado con Julio y Pato, se despidió—. Ahí se ven. Traten de comportarse un rato.

En eso, Juan Antonio salió de la casa, caminando con su contoneo de hombros mientras levantaba los talones exageradamente.

—¿No es guapísimo? —le dijo Emi a Gaby.

—Claro. Es igualito a mi tío —dijo Gaby.

Al salir a la calle, vieron estacionado frente a la puerta un convertible alemán rojo.

—¡Guau! —dijo Pato, acercándose inevitablemente—. ¡Qué coche!

—¡Está padrísimo! —añadió Julio.

—No está mal —comentó Juan Antonio mientras le abría la puerta a Emi—. Aunque yo hubiera preferido un italiano.

—¿Es tu coche? —preguntó Pato incrédulo, olvidando por un momento el fastidio de ir de chaperón.

—¿Habían visto otro carro así estacionado en esta calle? —dijo Juan Antonio mirando con desprecio a ambos lados de la calle.

Ese comentario no le gustó nada a Julio, quien sintió un calor de lava hirviente en sus cachetes mientras se subía de mala gana al coche.

—¡Está chido! —insistió Pato, asomándose a la parte delantera—. ¡Mira qué tablero! ¡Y tiene controles también acá atrás!

—No toques nada —le advirtió Juan Antonio bruscamente—. Estos coches son muy delicados.

—¡Espántame, panteón!—dijo Pato, levantando las manos—. De todo te esponjas.

—¿Qué dices? —dijo Juan Antonio, volteando a ver a Pato con cara de fuchi, como quien voltea a ver a un mosquito que está a punto de picarle el brazo.

—No le hagas caso —intervino Emi—. Así habla siempre. Hace mucho que es amigo de mi hermano, pero quién sabe de dónde lo sacó.

—Así pasa. Mi hermana tiene una amiga igual —dijo Juan Antonio meneando la cabeza mientras arrancaba el coche.

Pato se sentó hasta atrás en el asiento y ya no dijo nada. Se veía muy aplastado. Julio lo miró y sintió que la sangre le hervía. Pato no había hecho nada, sólo se había entusiasmado con el coche. Julio estaba a punto de gritarle a su hermana que de dónde había sacado ella a ese enano que se creía Dios, pero no lo hizo. Cuando llegaron a los helados, el lugar estaba a reventar, había gente afuera haciendo cola para entrar.

—¡Mira! —dijo Emi—. Hay un lugar enfrente, ahí te puedes estacionar.

—No lo voy a dejar ahí, hay mucha gente y me lo van a ensuciar —contestó Juan Antonio.

Una cuadra más arriba, encontraron un lugar y se estacionaron. Todos se bajaron y Emi, Juan Antonio y Gaby empezaron a caminar como si Pato y Julio no existieran. Julio pensó que ojalá Moldavita no fuera una triste piedra sino un extraterrestre provisto de rayos cósmicos, como los de las películas. Así le enseñaría modales a Juan Antonio.

—Es un bruto —dijo Julio—. No sé cómo puede gustarle a Emi ese gañán.

—Y encima es chaparro —agregó Pato—. Mi papá siempre dice que hay que cuidarse de esos.

—Además se siente lo máximo.

—El puritito hoyo de la dona.

Al llegar a la nevería, Pato y Julio se colaron entre la gente y pronto estaban en el mostrador, escogiendo el sabor que querían. Luego pidieron el helado de Chepi. Emi, Gaby y Juan Antonio estaban afuera. Un empleado de la nevería que conocía al papá de Juan Antonio había salido a preguntarles qué iban a pedir. Un minuto después, les llevaban sus helados a la calle.

—Yo prefiero estar afuera —dijo Juan Antonio—. No me gusta entrar donde hay tanta gente. Huele a sudor y eso me enferma.

—Tienes toda la razón —convino Emi, mientras Gaby asentía con la cabeza.

Julio y Pato se habían acomodado en un lugarcito dentro de la nevería y no tenían intenciones de apurarse. De pronto Emi los llamó con señas para que salieran. Los dos amigos salieron arrastrando los pies.

—¿Tienen las manos limpias? —preguntó Juan Antonio.

—¿Te chupaste bien los dedos? —preguntó Julio a Pato—. ¿O no los volvemos a chupar?

—Son unos marranos —dijo Emi mientras se daba la vuelta y empezaba a caminar. Pato y Julio se miraron sonrientes y Pato levantó el pulgar de su mano derecha.

Al llegar junto al coche, Emi vio una tienda donde vendían collares.

—Espérame un minuto —le dijo dulcemente a Juan Antonio—. Voy a ver un collar.

—Las espero en el coche —dijo Juan Antonio subiéndose.

Julio y Pato también se subieron, aunque Julio pensó que se hubieran podido aventar de cabeza a media calle y nadie se hubiera enterado. De repente, el celular de Juan Antonio empezó a sonar. Él lo contestó inmediatamente. Se oía la voz estridente y chillona de una señora que hablaba tan fuerte que todos oían lo que decía.

—¿TESORO?

—Sí, mamá.

—¿VAS A TARDAR MUCHO?

—No. En media hora llego a la casa.

—¿COMO ESTÁ TU PRIMA?

—Bien.

—¿Y SU... AMIGA?

—También bien.

—TESORO, NO TARDES, VAMOS A SALIR A CENAR TODOS.

—No, mamá.

—ADIÓS, TESORO.

—Adiós, mamá.

Pato y Julio habían oído toda la conversación y se miraban aguantándose la risa. Se pusieron rojos rojos y cuando ya no pudieron más, estallaron en carcajadas.

—¿Qué les da tanta risa, enanos?

—¿Enanos? —preguntó Julio entre risas.

—¿Nosotros? —dijo Pato— ¡Ja, ja, ja!

Los dos se doblaron de risa en el asiento. A Pato se le salían las lágrimas. De pronto, Julio volteó a ver a Juan Antonio. Estaba casi morado y tenía una mirada furiosa. Lo mejor era calmarse un poco.

—Ya, ya —dijo Julio, tratando de ponerse serio sin lograrlo.

—Sí ya —dijo Pato—. Ya nos vamos a callar, Tesoro.

Otro ataque de risa nerviosa cayó sobre Pato y Julio. Tesoro trabó la mandíbula. En ese momento llegaron Emi y Gaby al coche. Emi miraba la escena desconcertada.

—¿Qué hicieron? —preguntó a Pato y a Julio.

—Nada —respondieron los dos lo más serios que pudieron, aunque estaban rojos de risa.

—Vámonos —dijo Tesoro mirando al frente.

Gaby se subió al coche. Emi se abrió ella misma la puerta y Tesoro arrancó. Julio pensó que mejor ni volteaba a ver a Pato, estaban tan simples que si lo veía les daba otro ataque de risa y Tesoro podía enojarse feo. Se mordió un dedo para no reírse y se metió la mano derecha en el bolsillo del pantalón. Ahí estaba Moldavita. Julio le dio una palmada casi con afecto y sacó la mano.

—Uy, huele horrible —dijo de pronto Gaby, pellizcándose la nariz.

—Es cierto —dijo Emi.

—Es lo malo de los pueblos —dijo Tesoro—. Los drenajes siempre están mal. Huele a rayos.

—Pero es que huele espantoso —insistió Gaby.

A Julio y a Pato también les llegó el olor. Para Julio era obvio que eso no era ningún drenaje, sino popó de perro. De pronto le entró el terror de que él o Pato hubieran pisado algo en la calle y trajeran el zapato embarrado. Tesoro no lo iba a tolerar, quién sabe qué haría y con esos brazos de míster universo podía romperles una pierna a la primera. Julio no quería ni moverse, pero con mucho cuidado levantó un pie y después el otro. Él no había sido. En eso llegaron a casa de la abuelita. Tesoro se bajó del coche y se detuvo, paralizado.

—¡Un momento! —exclamó, mientras olfateaba al aire. Después, Tesoro se agachó a oler su coche. Con todo y que era un convertible, olía más adentro que afuera.

—¡Alguien pisó una caca de perro! —gritó, perdiendo su refinamiento al reconocer el olor.

Emi y Gaby voltearon a ver instintivamente sus sandalias. Estaban limpias. Los tres se volvieron hacia Julio y Pato. Julio ya lo había hecho pero por solidaridad con Pato, volvió a verse las suelas.

—Creo que... yo no fui —dijo quedito.

Pato se puso pálido. Levantó su pie derecho: nada. Pero al levantar su pie izquierdo vio con una mezcla de asco y sorpresa que toda la suela de su tenis estaba embarrada de un popó amarillo y aguado que seguramente era de perro. Lo peor era que de verdad apestaba. Y peor sobre lo peor era que el elegante tapete azul del coche de Tesoro estaba embetunado con aquello. Tesoro veía la escena respirando con agitación. Su mandíbula estaba otra vez trabada.

—¡Fuiste tú! —gritó furioso, señalando a Pato—. ¡Desde que te vi me diste mala espina!.

—¡Perdón! —dijo Pato, apenado de verdad—. No vi ese popó en la calle.

—¡Claro que lo viste! —gritó Tesoro, acercando su cara a la de Pato.

—¡No! ¡Es en serio! —dijo Pato, más blanco que una sábana.

—¡Tú lo vas a lavar! —exclamó Tesoro, agarrando bruscamente el cuello de la playera de Pato.

—¡Oye! ¡No lo toques! —gritó Julio, tomando el brazo de Tesoro para apartarlo de Pato.

Pero al momento de tocar el brazo de Tesoro ¡TUUK! saltó un chispazo azul. Julio soltó a Tesoro rápidamente y se miró la mano: no le había pasado nada. Tesoro también se miró. Aunque no le había pasado nada en la piel, los abundantes vellos de su brazo se habían chamuscado y humeaban. Tesoro miraba a Julio con la boca abierta y un gesto de incrédulo horror.

—Pero, ¿qué le hiciste? —chilló Emi, abalanzándose para ver el brazo humeante de Tesoro.

—¡No le hice nada! —se defendió Julio—. ¡Nos dimos un toque!

—¡Ustedes son dos fenómenos de circo! —gritó Gaby, bajándose apresuradamente para ver el brazo de su primo.

Julio y Pato se bajaron muy serios del coche. No querían ver a nadie a la cara. Emi miraba el brazo de Tesoro con aflicción desesperada, como si estuvieran a punto de amputárselo.

—¿Quieres una pomada? —dijo, con cara de Virgen de los Dolores.

—No —contestó Tesoro fríamente—. Mejor me voy.

Emi palideció tanto que las pecas se le vieron más. Durante un segundo de pesadilla, temió que su guapo Tesoro nunca más volviera a hablarle. De pronto volteó a ver a Pato y a Julio y el color le volvió a la cara en forma de rojo vivo.

—¡Saquen ese tapete! ¡Pero ya! ¿Me oyen? —vociferaba—. ¡Lo van a lavar! ¡Y lo van a dejar perfecto!

Julio y Pato sacaron el tapete sin chistar. Tesoro los miraba todavía atónito y se veía que quería decirles algo de verdad hiriente, pero no encontraba las palabras. Ni falta hace decir que nunca había sentido un toque así. Resoplando, miró rápidamente a Emi mientras se subía a su coche.

—Después te llamo —le dijo y con un fuerte rechinón de llantas, arrancó su coche y se fue. A su prima ni la miró.

Los demás no habían llegado a la casa, así que Emi sacó el juego de llaves que le había prestado Chepi y metió la llave en la cerradura. Dos grandes lágrimas resbalaron por sus mejillas. Abrió la puerta y entró corriendo a la casa, dejando las llaves pegadas. Gaby la siguió después de dedicarles una larga mirada de odio jarocho a Julio y a Pato. Julio sacó la llave y cerró la puerta. Sólo en ese momento reparó en la mirada de Pato. Lo miraba pálido, como si estuviera viendo a un fantasma.

—No se qué me espanta más, si el quebrantahuesos ese, o tus toques de instalación fundida —dijo.

Julio no pudo evitar sonreír, aunque la cosa no era para reírse. Estaba en un problema y lo sabía. Emi seguramente armaría un escándalo marca diablo cuando llegaran sus papás. Y lo del toque iba a salir a relucir. Y ya eran dos toques. Sus papás harían preguntas, ¿y qué iba a contestar?: "No se preocupen, lo que pasa es que hay una gran energía entre mi piedra alienígena y yo".

—Quiero estar solo —dijo Julio, encogiéndose un poco de hombros—. Voy al jardín.

—Yo voy a estar en el cuarto. Luego lavo esto —dijo Pato, aventando el tapete de Tesoro a un lado del camino de piedra.

Un rato después, Julio vio que sus papás, abuelita Chepi y Pedro llegaban. Jim se despidió en la puerta. Apenas entraron a la casa, Julio oyó la voz de Emi gritando quién sabe qué tantas cosas. Un momento después, su papá lo llamó. Al entrar en la casa, Julio vio a Emi sentada en un sillón con los ojos hinchados por el llanto. Ya había dado su versión de los hechos según la cual Pato y Julio sólo se habían dedicado a molestar a Juan Antonio y no entendía porqué su papá se los había encajado para que fueran. La versión de Julio fue muy diferente, aunque coincidía con Emi en que él no tenía nada que hacer ahí.

Nadie sabía muy bien qué pensar, pero todos parecían estar del lado de Julio. Afortunadamente, no se habló del toque.

—¡Nunca me va a volver a hablar! —sollozó Emi, cubriéndose la cara con las manos.

—Sí te va a hablar —dijo Julio—. Tú tienes el tapete, lista, ¿crees que te lo va a regalar?

Emi subió las escaleras corriendo entre sollozos. Todos en la sala se miraron y uno a uno se fueron dispersando entre suspiros y hombros encogidos. Julio y Pato se subieron al costurero. Ahí estaba Pedro y le contaron todo lo que había pasado.

—¡Tesoro! —exclamó Pedro muerto de risa—. ¡Está buenísimo eso!

—Y hubieras oído la voz de la mamá —dijo Julio.

—¿Por qué le gusta a Emi ese patán? —se preguntó Pato—. Digo, puede ser que esté carita, pero se siente la vacuna contra el sida.

—Quién sabe. Pero desde hoy es el Presidente Absoluto de la Lista de Chupamocos —afirmó Julio.

—Sin duda —dijo Pedro, que ya sabía de la lista.

—A mí me da pena decir esto porque es su hermana, pero Emi también se está ganando su lugar en la lista de chupamocos —dijo Pato muy serio.

—¿Cuál pena? Desde que es amiga de Gaby, se ha vuelto re-chupamocos —comentó Julio.

—Ni parece tu gemela, Pedro —añadió Pato.

—Oye, Julio —intervino Pedro—. Cambiando de tema, ¿qué onda con tus toques? Está un poco raro eso... ¿no?

—Sí —añadió Pato—. Y todo empezó el día de la piedra que te dio tu primo.

Julio los miró un momento. Tenía ganas de contarles lo de la piedra y lo tenía en la punta de la lengua, pero había algo que lo hacía detenerse. ¿Y si no le creían? ¿Y si pensaban que estaba loco? Él estaba convencido de su cordura, pero que los demás le creyeran el cuento de la piedra parlante, no estaba nada fácil.

—Sí... —dijo al fin, sin muchas ganas— empezó ese día. Cuando llegue a la casa voy a ver qué encuentro en Internet. A lo mejor esas piedras tienen algo raro.

Más tarde, Pedro y Pato se durmieron. Ya no quisieron cenar nada. Julio se acostó pero a él definitivamente le rechinaban las tripas. Se acordó del pastel y fue a la cocina para comerse un pedazo. Ahí se encontró a Chepi.

Su abuelita estaba sentada en una silla del pequeño antecomedor, tomando un café con leche. A Julio le dio mucho gusto verla y se acercó a abrazarla.

—Tienes hambre, ¿verdad? —dijo ella.

—Sí. Quiero pastel —dijo Julio mientras cortaba una rebanada.

Durante un rato, los dos estuvieron en silencio. Habían estado juntos cientos de veces, muchas de ellas en silencio y ninguno se sentía incómodo.

—Me siento mal por Emi —dijo Julio de pronto.

—Está triste, pero ya se le pasará —repuso Chepi.

—¿Por qué me dejaste ir, abue? Hasta me pediste que te trajera helado.

—¡Ay, Julio! Tu papá estaba todo nervioso, no iba a oír razones. Y es que ser papá de una adolescente bonita, a veces es un poco difícil. Fíjate, este muchacho apenas es el primer pretendiente de Emi.

—Yo no veo porqué hay que cuidarla tanto —dijo Julio enojado.

—¿Sabes una cosa? —dijo Chepi sonriendo—. Para los papás, las hijas siempre son sus niñas chiquitas. Hubieras visto a tu abuelito Jorge cuando tu mamá andaba de novia, ¡Uy! ¡Eso sí era de miedo!.

—¿Y mandaba a mi tío Enrique a que la cuidara?

—Toda la vida. Y a Enrique le chocaba. Y a Marta también. Pero luego ellos se ponían de acuerdo, salían juntos, luego cada quien se iba por su lado y volvían a encontrarse para llegar juntos a la casa.

—¿De veras?

—¡Claro que sí! Pero a la larga no le resultó tan mal a tu tío Enrique, porque conoció a su esposa en una fiesta a la que fue con Marta.

—¿Y por qué no mandó a Pedro?

—Mmmm… a lo mejor tu papá no quería que Pedro cuidara a Gaby.

—¡Ay! —exclamó Julio—. ¡Cuánta complicación! Yo por eso, no voy a tener novia, abue.

—¡Ja! —rió Chepi despeinándole el fleco—. Voy a apuntar eso y le voy a poner fecha. Cuando me traigas a presentar a tu primera novia, te lo voy a recordar.

Chepi se levantó a lavar su taza y su plato mientras Julio se servía otro pedazo de pastel.

—Oye, abue —dijo de pronto—. ¿Qué nos iba a contar Jim a la hora de la comida, cuando no lo dejaste?

—¿Qué?—preguntó Chepi un poco desconcertada—. ¡Ah! Seguramente su historia de los gusanos del mango.

—No, no era eso. Tú y él vieron algo, ¿verdad? Algo raro.

—¿Raro? —dijo Chepi tratando de hacerse la desentendida.

—En serio, abue, ¿vieron un... ovni?

Chepi se rió mientras se secaba las manos.

—¡¿Un ovni?! —exclamó, como si le hablaran de alcachofas color arco iris—. Yo nunca he visto nada parecido a un ovni ¡Y tengo veinte años de vivir aquí!

—Pero... Jim dijo que tú y él vieron algo...

—¡Ay! Ese Jim tiene amigos muy raros—interrumpió la abuelita—. Hay mucho hippie y esotérico viviendo aquí. Algunos son amigos de Jim. Esos siempre andan viendo lo que nadie más ve.

—Pero abue, ¿tú no crees que hay seres...?

—¿...extraterrestres? Mmm... puede que sí, pero no he visto ninguno fuera de ésta familia —dijo Chepi guiñando un ojo.

Era claro que Chepi tenía un secreto del que no quería hablar. Ahora estaban a mano. Lo malo era que Julio se moría de la curiosidad.

—Tú no te levantaste esta mañana a ver el amanecer, ¿verdad? —dijo Chepi de repente.

—No —dijo Julio sin verla a los ojos.

—Julio, mírame —dijo Chepi.

Julio volteó a verla.

—Creo que tienes un secreto y no me lo has contado.

—Yo creo lo mismo —dijo Julio con cara pícara.

—No —dijo Chepi—. Un secreto-secreto es algo cierto. Y lo que Jim y yo vimos... no sé si sea verdadero. Por eso no te lo cuento. Pero yo veo en el fondo de tus ojos, que tu secreto es de los buenos. ¿Ya ves? Estás creciendo. Ahora tienes secretos que no me cuentas.

—Vamos a hacer un trato —dijo Julio muy serio—. Tú me cuentas tu secreto y yo te cuento el mío, ¿sale?

—Mmm —dijo Chepi, considerando la idea—. Está bien. Pero esta noche, no. Ahora vámonos a dormir.

Julio y Chepi subieron juntos las escaleras. Mientras subían, Chepi se apoyó en el brazo de Julio. Se dieron un abrazo frente a la puerta del cuarto de la abuelita y se desearon buenas noches. Julio se fue a la cama. Tenía muchas cosas que platicar con Moldavita, pero en cuanto puso la cabeza en la almohada y cerró los ojos, sintió que el sueño lo envolvía sin remedio. Sin embargo, un pensamiento pasó por su cabeza antes de quedarse dormido: desde que él se acordaba, Chepi nunca se había apoyado en su brazo para subir unas escaleras.

MOLDAVITA.COM 

Al día siguiente, Pedro, Pato y Julio se despertaron cuando alguien tocó bruscamente la puerta de su cuarto. Pedro vio su reloj: eran las 10:00 de la mañana y el sol entraba a raudales por las ventanas. Pato y Julio abrieron un ojo. Habían dormido a pata suelta casi 12 horas.

—¿Quién es? —preguntó Pedro.

—¡Soy yo! —contestó Emi desde el otro lado—. Hay que lavar el tapete de Juan Antonio, si no, esa cosa se va a quedar ahí pegada.

Pato y Julio se taparon la cara con la almohada. Un rato después, estaban en el jardín lavando el tapete. Emi no lo había visto, pero Guacho también lo había ensuciado. Así son los perros, donde ven que hace uno los demás también van.

Después de desayunar, todos hicieron las maletas y alzaron sus cosas. Eran casi las dos cuando estaban listos para irse, así que decidieron ir a comer a un restaurante con Chepi y después tomar la carretera. Julio estuvo todo el tiempo esperando que Jim apareciera, pero el amigo de su abuelita nunca llegó.

Eran casi las siete de la noche cuando llegaron a su casa. Julio se sentía cansado, pero era muy temprano para irse a dormir. Así que se le ocurrió una idea mejor. Sacó a Moldavita de su bolsillo, se la puso en la mano y se sentó frente a su computadora.

—¿Moldavita? —le dijo— ¿Estás ahí?

—Aquí estoy siempre —contestó la piedra.

—Quiero enseñarte algo —dijo Julio, mientras prendía la máquina—. ¿Sabes qué es esto?

—Sí. He percibido estos aparatos, pero no había estado tan cerca de uno.

—¡Perfecto! Ahora te enseñaré algo que estoy seguro de que nunca viste, ni en tu planeta.

Julio entró rápidamente al Internet. En dos por tres, navegaba buscando información sobre las moldavitas. De pronto, al tocar el *mouse* de la computadora, saltó una enorme chispa azul.

—¡Otro toque! —dijo enojado, examinando el mouse.

—Tienes que dirigir la energía —dijo Moldavita.

—¿A dónde?

—A un lugar que no sean tus manos.

—¿Qué? —preguntó Julio extrañado.

—Eres inexperto usando la energía —dijo Moldavita—, por eso se queda en tus manos. Usa tu cerebro y mándala a otro lugar. Así no te darás toques con todo.

—¿En serio? —dijo Julio—. ¡Bueno! Luego vemos eso, ahora vamos a buscar si alguien sabe algo de ti… de ustedes. Te voy a poner aquí, frente a la pantalla, para que leas conmigo. Supongo que… puedes leer.

—Ponme frente a la pantalla. Puedo absorber la información que aparezca ahí.

Julio tomó a Moldavita y la puso justo frente a la pantalla. Antes de que tocara el mouse otra vez, Moldavita irrumpió en su mente con prisa.

—¡Alto! —exclamó.

—¿Qué? —dijo Julio.

—Ya me tocaste. Antes de que toques otra cosa, dirige tu energía.

Julio no estaba convencido de esa idea y no se le ocurría qué hacer. Cerró los ojos y pensó que quería la energía en los pies. En ese momento, sintió un pinchazo frío que recorría su cuerpo, desde sus manos hasta sus pies. Se miró los tenis con desconfianza y decidió patear el suelo con ambos pies para probar. Al hacerlo, salió disparado hacia atrás, casi tocó el techo y cayó en la cama de Pedro.

—¿Qué pasó? —dijo en voz alta, volteando para todos lados.

—Eso es energía —contestó Moldavita—. Pero es una forma muy primitiva de usarla.

—¡Guau! —exclamó Julio— ¡Se siente padrísimo! ¿Así ya no doy toques?

—Supongo que no.

Julio se acercó a la computadora y tocó de nuevo el *mouse.* Ya no pasó nada. Sintiéndose muy feliz por su descubrimiento, se dispuso a navegar.

—A ver... qué te parece si buscamos algo así como… meteoritos.

De inmediato surgieron decenas de posibilidades. Julio eligió una al azar. Se trataba de un sitio de compraventa de meteoritos que ofrecía cientos de piedras de diferentes tipos, formas y tamaños. De pronto, Julio se topó con el nombre que buscaba: *Moldavitas Besednice de lujo.* En la pantalla podían verse las fotos de una gran variedad de piedras muy parecidas a la suya, unas más grandes, otras más pequeñas, algunas más alargadas o redondas. Algunas de las piedras estaban engarzadas como joyas en anillos, brazaletes y collares. Julio miraba con curiosidad las fotos. De ese sitio navegó por otros más que se iban conectando unos con otros, como *rocksandmeteorites.com*, *rocasdelespacio.com* y *losmejoresmeteoritos.com.* Todos describían a las moldavitas y explicaban sus características físicas, químicas y geológicas. Al final, Julio se encontró con uno y no podía creer que así se llamara, pues su nombre era demasiado fácil: *moldavita.com.* Hizo click y se abrió una página donde aparecía un jardín con una fuente en el centro, la imagen estaba acompañada por una suave música de fondo. Una mujer vestida de blanco estaba sentada en posición de flor de loto a un lado de la fuente, con los ojos cerrados. Junto a sus pies, se veía una piedra muy parecida a la moldavita de Julio, pero más grande. Abajo, con letras cursivas como de invitación de boda, se leía:

Descubra el poder de las moldavitas
(Para más información haga click en nuestra gurú Shulemi)

Julio hizo click en Shulemi. Al momento ella juntó sus manos, hizo una profunda reverencia, abrió los ojos, extendió sus brazos y una página que semejaba un pergamino se desenrolló desde la parte alta de la pantalla, cubriéndola toda.

Las moldavitas, piedras curativas.

Si usted no posee una moldavita, se ha perdido de una experiencia fascinante y única. Se trata de una piedra extraterrestre de extrema rareza, localizable únicamente en las regiones de Moravia y Bohemia. Quizás provengan de un planeta lleno de equilibrio, luminosidad y paz. Quienes obtienen una moldavita son llamados a ser sus propietarios. Existen personas de extrema sensibilidad que se han quemado al primer contacto con su moldavita. Su energía es extremadamente poderosa y transforman a quienes las tienen, pues poseen la habilidad de colocar a su dueño en el camino correcto de la vida. A través de ellas también es posible acceder a vidas pasadas y pagar deudas kármikas. El poder de la moldavita se aloja en el chakra del corazón y permite a su poseedor experimentar y expresar amor.

Si aún no posee una MOLDAVITA, contacte a Shulemi, gurú kármika. Ofrecemos precios para todos los gustos y presupuestos, de las variedades Besednice y Chlum

No dude más, la paz en su vida está al alcance de su mano. Sólo llame al 91.13.14.16.

El mensaje en el pergamino quedaba expuesto unos dos minutos, después se volvía a enrollar y aparecía nuevamente Shulemi, quien juntaba sus manos, hacía otra reverencia y volvía a quedar en flor de loto. Julio se sentía lleno de dudas.

—¿Viste eso? —preguntó.

Pero no oyó ninguna respuesta.

—¿Moldavita? —insistió Julio, mirando a la piedra—. ¿Estás durmiendo?

En ese momento, la computadora se apagó sola, como si se hubiera ido la luz.

—¡¿Moldavita?!

—Aquí estoy.

—¿Dónde estabas?

—Aquí, siempre he estado aquí.

—¿Viste lo que yo vi?

—Es fabuloso.

—¿De veras te pareció fabuloso? —preguntó Julio extrañado. Para él, la página de Shulemi decía algunas cosas interesantes, pero era demasiado cursi.

—Sorprendente. La cantidad de información es gigantesca.

—Pero si decía pura cursilería —exclamó Julio—, creo que ella sólo quiere vender sus piedras.

—Me refiero a la red de información por donde viajabas. Pude percibir muchas cosas dentro de ella. Estuve en sitios que tú no visitaste. Absorbí gran cantidad de información, pero ahora me siento muy cansado, no hay luz del sol.

—¡Oye! —le reclamó Julio molesto— ¿No viste las páginas que abrí para ti?

—Sí, también las vi.

—Okey —dijo Julio más calmado— Supongo que viste la última ¿qué opinas?

Julio no obtuvo ninguna respuesta.

—¿Moldavita?

—Estoy muy débil...—contestó al fin la piedra, con una voz que aún cuando Julio la oía dentro de él, sonaba muy lejos—...hablaremos mañana... ponme junto a la ventana, donde da más el sol.

Julio se puso de pie de mala gana y colocó a Moldavita junto a la ventana. Luego se estiró y bostezó. Él también se sentía cansado. Pensó que era buena idea cenar y acostarse. Al día siguiente, en la mañana, tenía entrenamiento de futbol.

Energía dirigida

El lunes por la mañana, Julio se levantó muy temprano, se vistió, tomó a Moldavita y salió a la calle. Los lunes y miércoles, él y Pato tenían entrenamiento de futbol de 7:00 a 8:00 de la mañana en la escuela. A Julio le encantaba el futbol, lo jugaba desde que tenía ocho años, ahora era el capitán del equipo de secundaria. En la escuela de Julio, el transporte escolar era obligatorio aunque vivieran a unas cuantas cuadras del colegio. Las mañanas de entrenamiento, sin embargo, quedaba de verse con Pato en el parque y caminaban juntos a la escuela.

—Espero que hayas descansado —le dijo Julio a Moldavita en su mente.

—Sí. Sé que ayer querías hablar, pero me debilitó mucho el viaje por la red—contestó Moldavita, otra vez con la voz profunda que siempre tenía.

—Me imagino —dijo Julio.

—Querías hablar de la última página que visitaste.

—Me sacó de onda. Decía cosas que son ciertas, pero me daba mala espina ¿viste lo que decía?

—Sí. Es la interpretación humana del contacto con nosotros.

—Yo te conozco y no pienso que me ayudes a resolver ninguna deuda kármika. Sé quién eres y porqué me hablas, no pienso en vidas pasadas y meditaciones.

—¿Quieres saber cuántas personas han sido mis dueñas?

—¿Cuántas?

—Ocho. Y con ninguna de ellas pude hablar como lo hago contigo.

—¿Quiénes fueron? —preguntó Julio mientras se detenía en una esquina para esperar el alto.

—Durante trece millones de años estuve enterrado. Entonces, vino un terremoto que cambió el curso de un río y llegué al agua. Años más tarde, un grupo de hombres primitivos llegó a vivir junto al río. Uno de ellos me recogió y me llevó a una cueva, en donde me puso en una vasija. Ese hombre no tenía un lenguaje como el tuyo, no usaba palabras. En la cueva había otros humanos. Un tiempo después, ellos enfermaron y murieron y yo me quedé en la vasija en estado letárgico, pues sólo alcanzaba a recibir un poco de luz del sol. Hace 200 años, otros hombres llegaron a la cueva, sacaron todo y estuvieron haciendo excavaciones, por suerte me dejaron bajo la luz del sol y pude recuperar energía. En cuanto pude, percibí que ellos no eran como el hombre primitivo que me había recogido por primera vez. Durante semanas, estuvieron trabajando en la cueva, sacando todo tipo de restos y limpiándolos. Luego comenzaron a empacar todo para llevárselo. Entonces, uno de los arqueólogos me descubrió y me llevó a su casa. Ahí me tuvo un tiempo, yo intentaba hablar con él.

—Espérame —interrumpió Julio sorprendido, deteniéndose en plena calle—. ¿Qué idioma hablaba ese hombre? ¿Cómo hablabas con él y también conmigo?

—Mi forma de conocer es muy diferente a la tuya.

—Tú dices que percibes.

—Sí, es como si absorbiera. Entiendo un idioma con sólo escuchar una sola vez a un ser humano que lo hable.

—Eso debe de ser muy difícil —dijo Julio mientras reanudaba la caminata.

—No es fácil ni difícil. Así somos.

—Entonces... el que te sacó de la cueva, ¿qué hizo? ¿habló contigo?

—Nunca. Después de un tiempo me metió en una caja junto con otras piedras y me llevó con otro hombre. Él analizaba meteoritos.

—¿Y hablaste con él?

—Tampoco pude. Ese señor me vendió junto con toda una caja llena de meteoritos.

—¿Alguno era como tú?

—No.

—¿Y luego?

—Me compró otro hombre y me regaló a su esposa, a quien le gustaban las piedras.

—¿Y hablaste con ella?

—Sí... pero ella nunca supo que hablaba conmigo. Creía que hablaba con su consciencia. Ella también me dio como regalo a una hija suya.

—¿Y le dijo que tú la habías puesto en el camino correcto? —preguntó Julio en voz alta, con tono burlón. No se había dado cuenta de que estaba cerca de una parada de camión y varias personas voltearon a verlo. Él siguió caminando sin fijarse.

—Algo así.

—¿Y la hija?

—Intenté hablar con ella pero se ponía muy mal. Gritaba por toda la casa que estaba loca y oía voces en su cabeza.

—¡Bueno! —exclamó Julio— ¡Yo pensé lo mismo!

—Pero tú tenías curiosidad por saber quién estaba dentro de la piedra.

—¿Y ella qué hizo?

—Nada. Ya no le hablé. Pronto me regaló a otro hombre que me guardó en una caja con joyas durante muchos años. De ahí me sacó otra mujer que dijo que yo era una piedra bonita y me llevó a su casa.

—¿Hablaste con ella?

—Imposible. Su cabeza nunca estaba en paz. Ella hablaba todo el día con quien fuera y muchas veces, sola. Un día vino a su casa un joven que me reconoció como una moldavita y le pidió a la mujer que me regalara. Ella lo hizo.

—¿Y? —preguntó Julio interesado.

—Vivía en otro país y me llevó con él. A ese joven le gustaba meditar y me utilizaba en sus meditaciones. Fue el único que lo hizo.

—¿Y hablaste mucho con él?

—Sí, pero no le interesaba conocerme. Él me regaló a tu primo.

—¿Y con Rodrigo hablaste? —preguntó Julio muy intrigado.

—¡Nunca pude! Varias veces lo intenté y sólo contestaba: "Seas quien seas, ya cállate".

Julio se rió y se imaginó a su primo hablando mentalmente con una piedra. De verdad se le hizo imposible.

—Yo no sabía nada de las piedras que se usan para meditar —dijo Julio—. ¿De qué sirve eso?

—Si al meditar hablas con una piedra que piensa... puede servirte.

—Bueno, pero no todas las piedras "hablan", ¿qué me puede decir un cuarzo?

—Meditar es hablar con uno mismo. Al hablar contigo mismo te conoces. Es cierto que una piedra no ayuda, pero los humanos suelen darle valor a lo que está fuera de ellos, no a lo que está dentro de ellos.

Julio se paró de pronto en seco y abrió los ojos como platos. Cualquiera que lo estuviera viendo pensaría que se le olvidó algo muy importante y estaba a punto de correr en reversa.

—¡Un momento! ¡Uno nada más! —dijo, levantando su mano derecha—. ¿Te acuerdas del brinco de anoche?

—Sí.

—¿Cada vez que te toco suceden estos intercambios de energía?

—Sí.

—¡Bien! —gritó Julio, apretando los puños, sin notar que varias personas en la calle lo miraban—. Ya aprendí a dirigir la energía hacia mis pies. Fue muy fácil. Vamos a repetirlo hoy durante el entrenamiento, ¿te late?

—¿Qué quieres hacer?

—¿Nunca has visto un partido de futbol? —dijo Julio en voz alta, muy sorprendido.

—Sí, pero…

—Ya llegamos a la escuela, ¡luego te explico!

Julio cruzó la calle con prisa y se detuvo frente al edificio. Ahí estaba Pato y se veía algo enojado.

—¿Qué hongo champiñón? —dijo Pato con la cara bastante desanimada—. ¡Me dejaste plantado! Te estuve esperando en el parque. No me digas que te quedaste dormido porque te ves fresco como berro verde.

—No me quedé dormido —dijo Julio apenado—. La verdad… se me olvidó.

—¿Se te olvidó? —preguntó Pato. En su voz había una mezcla de enojo y desilusión.

—Sí… perdón.

—Y además venías haciendo unas caras medio raras, ¿con quién hablabas?

Julio sintió que los cachetes se le ponían calientes. Al platicar con Moldavita de pronto se olvidaba del mundo exterior. Sintió vergüenza de que Pato lo viera haciendo gestos solo.

—No hablaba con nadie—contestó Julio—. Oye, me siento mal por haberte dejado plantado.

—No importa —dijo Pato, mirándose los zapatos mientras meneaba la cabeza—. Vamos, nos están esperando.

Julio y Pato entraron juntos a la cancha. Los dos iban muy serios. Se sentaron en una banca y comenzaron a ponerse los tacos con calma.

—¡Apúrense, señoritas! —gritó de pronto el entrenador—. ¿Están cansados? ¡Aquí no vienen a descansar! ¡Usen su energía!

No era necesario que el entrenador dijera eso, Julio tenía un plan. Comenzaron a pelotear como siempre y a hacer ejercicios.

—¡Duro! —gritaba el entrenador—. ¡El torneo empieza en un mes y medio! ¡Hay que estar en forma!

Después de hacer ejercicios veinte minutos, el entrenador los dividía en dos equipos y los ponía a jugar. Eso era lo que estaba esperando Julio. Luego de correr un rato, dar pases y gritarle a sus compañeros como hacen los capitanes, Julio metió la mano en el bolsillo de sus shorts y tocó durante unos segundos a Moldavita. Inmediatamente se concentró en la energía y decidió enviarla otra vez a sus pies. De nuevo sintió una descarga fría que se disparaba dentro de él. Entonces decidió correr para alcanzar el balón, que estaba del otro lado de la cancha. Aunque trataba de controlar sus piernas, Julio estaba de pronto dando unas zancadas que parecían brincos de canguro. En tres segundos estaba del otro lado de la cancha, sus pies eran tan veloces que apenas se veían. El que traía la pelota ni cuenta se dio cuando se la quitó. Julio corría por la cancha con el balón y sentía que volaba sobre él. En unos segundos llegó frente a la portería y tiró un santo cañonazo. Lo único que pudo hacer el portero, fue tirarse pecho a tierra para protegerse. La pelota pasó zumbando y atravesó la red, dejando un hoyo humeante en el centro. Julio alzó los brazos y se echó a correr como estrella mundialista que acaba de meter un gol. Pero su felicidad se congeló cuando vio la cara de sus compañeros, paralizados en la cancha.

Pato tenía la boca abierta. Algunos se habían acercado a ver el hoyo en la red. El entrenador se había quitado la gorra y se rascaba la cabeza.

—¿Qué fue eso, Julio, explícame? —preguntó el entrenador.

—Usted dijo que...

—¿Estás tomando alguna pastilla que yo deba saber?

—No.

—¿Anfetaminas, anabólicos, esteroides?

—Nada. Usted dijo que usáramos la energía. El entrenador se puso la mano en la frente y se volvió hacia el resto del equipo.

—Se acabó por hoy. Julio, te veo en mi oficina a las doce. Y más te vale tener una explicación convincente.

Julio se sentía extraño. Había hecho algo de lo más inocente y ahora todos lo miraban raro. Hasta prefería haberle dado un espectacular toque de luz azul a la pelota.

—¿Qué hiciste? —preguntó Pato, acercándose a él—. Sabes que puedes decirme a mí, soy tu amigo.

—¡No hice nada! —exclamó Julio.

Pato y Julio se vistieron sin hablarse y fueron a su salón. Una vez en clase, Julio oyó que Moldavita le hablaba.

—Debes aprender a usar tu energía —dijo.

—¿Cómo? Ahora estoy en un problema —repuso Julio frunciendo las cejas.

—Cuando la necesitas toda, la usas toda y si no, poco a poco.

—¿Cómo hago eso? Tú siempre crees que todo es muy fácil.

—No es fácil ni difícil. Es como es. Tú tienes el control, inténtalo ahora.

—No puedo, estoy en clases. Si salgo volando no se va a ver bien. No en este planeta —pensó Julio molesto.

—No vas a volar si me haces caso. Tócame.

Julio tocó a Moldavita. Pensaba que era un irresponsable y se metería en otro problema pero, aún así, la tocó.

—Yo estoy percibiendo nuestra energía combinada, ¿tú no?—preguntó Moldavita.

—No siento nada.

—No se siente, se percibe. Piensa en tu mano.

Julio se concentró en su mano y sintió un leve calor.

—La energía está en ti —dijo Moldavita.

—¿Ahora qué hago? —preguntó Julio angustiado.

—Piensa en ella, trata de dirigirla a algún lugar poco a poco.

Julio no sabía qué hacer. Tenía miedo de realizar cualquier movimiento. Cerró sus ojos, se concentró en la energía y, tratando de dirigirla hacia algún lugar inofensivo, pensó en sus oídos. Al instante un jalón de fuerza fría viajó por su cuerpo y de pronto sintió como si unos enormes altavoces estuvieran dentro de sus oídos. La voz de la maestra de geografía se escuchaba mucho más fuerte y clara, los murmullos del salón, también.

—¿Qué trajiste de lunch? —preguntaba alguien.

—¿Vas a ir a casa de Toño? —decía otra voz.

—Los zapatos de miss Adriana están muy feos —comentaba una niña.

Julio estaba asombrado. Cerró los ojos y simplemente se puso a oír. Las voces de sus compañeros se escuchaban como si los tuviera a su lado, aunque él sabía que estaban hablando muy quedito. También escuchaba sonidos lejanos, como los pájaros que cantaban afuera y una conversación lejana en la que un hombre le contaba a otro que su hijo se casaría el próximo sábado. Hasta le pareció oír los latidos de algún corazón que no era el suyo.

—Es increíble —pensó Julio.

—¿Julio? —preguntó de pronto miss Adriana, a un lado de él—. ¿Te sientes bien?

Julio pegó un brinco.

—Sí… sí, miss. Estaba pensando.

—¡Ah! Pero no me estabas oyendo. Dije que sacaran su cuaderno.

Conforme pasaba el tiempo, Julio se dio cuenta de que iba recuperando su oído normal y comenzaba a escuchar igual que siempre. Pero estaba demasiado ocupado pensando en sus asuntos y en lo que le diría al entrenador como para fijarse en Pato, que lo miraba desde su banca. Sabía que a Julio le pasaba algo que no compartía con él y eso le dolía.

A las 12:00 en punto, Julio estaba en la oficina del entrenador.

—¡Aaaah!—exclamó el entrenador—. ¡Aquí está el niño boligoma! Siéntate.

Julio se sentó. El entrenador lo miró muy serio.

—Julio… —dijo— …¿tus papás saben algo de esto?

—¿De qué? —preguntó Julio abriendo los ojos.

—Mira, voy a ser franco: tú eres muy bueno. Si quieres ser futbolista profesional, de verdad tienes futuro, pero… estas cosas raras… tendría que expulsarte del equipo.

—Pero ¿por qué?—exclamó Julio asustado.

—Porque no se permite que nadie y menos alguien de tu edad, tome cosas…

—¡Yo no tomo nada!—dijo Julio parándose de la silla.

—Calma, calma —aconsejó el entrenador.

—Mire, le voy a decir qué pasa:…eh…por ahí leí que uno tiene mucha energía y que si la sabe usar, se pueden hacer muchas cosas.

—¿Sí? ¿Como qué? ¿Como perforar la red de la portería? ¿O como pegar brincos de tres metros?

—Bueno… se me pasó la mano.

—Se te pasaron los pies, diría yo —dijo el entrenador con cara de pocos amigos. Se veía que no estaba para nada convencido de lo que decía Julio.

—Puedo probarlo, ¿sí?

—¿Qué necesitas, un enchufe o una pila?

—Nada, sólo acompáñeme a la cancha.

Julio y el entrenador caminaron a la cancha. Julio tocó a Moldavita durante unos segundos.

—Dirige la energía, Julio —dijo la piedra—. Suéltala poco a poco.

Julio pensó que requería una parte de la energía en sus piernas. Apenas lo pensó, sintió un rápido hormigueo helado que recorría su cuerpo. El entrenador le pasó la pelota. Julio cerró los ojos un momento, lanzó el balón al aire y comenzó a dominarlo con las rodillas a una velocidad sorprendente. Cuando sentía que la fuerza se iba de sus piernas, pensaba nuevamente en la energía que tenía en reserva. Así, durante 15 minutos, controló la pelota. El entrenador lo miraba boquiabierto.

—¡Increíble! —dijo al fin—. ¡Nunca he visto nada parecido!

—¿Me cree? —preguntó Julio.

—No —contestó el entrenador, negando con la cabeza—. No sé cómo lo haces. No creo tu cuento de la energía, pero confío en ti. Supongo que de verdad no tomas nada.

—¡Nada! —exclamó Julio.

—Sólo te pido que no vuelvas a hacer lo de hoy en la mañana, ¿está claro?

—Sí.

—¡Chico! ¡Puedes ser una figura!

Julio se sentía totalmente feliz.

—¡Gracias, Moldavita! —decía, mientras caminaba a su salón.

—La energía está en ti, Julio —contestó la piedra.

Contacto con Pato

Ese día, Julio no invitó a Pato a comer. Tampoco al día siguiente. Quería estar toda la tarde hablando con Moldavita, preguntándole mil cosas y haciendo todo tipo de ensayos con el intercambio de energía. No quería que nadie lo interrumpiera y tampoco se sentía bien con la idea de platicarle a Pato lo que le pasaba, pensaba que era una historia demasiado increíble como para contarla. Sin embargo, el miércoles en la mañana llegó al entrenamiento y no vio a Pato. Pensó que llegaría después a la escuela, pero tampoco llegó. Al regresar a su casa, Julio lo llamó.

—¡Pato! —exclamó cuando oyó su voz en el teléfono—. ¿Por qué no fuiste hoy? ¿Estás enfermo?

—No… —dijo Pato con voz mustia—. Bueno sí, un poco.

—¿Qué tienes?

—No sé… como que me duele la panza.

—¿Qué estás haciendo? —preguntó Julio.

—Estoy aquí, con mi hermana, viendo Popocienta.

—Entonces, de verdad estás enfermo.

—¿Estás muy ocupado hoy en la tarde? —quiso saber Pato, como el que no quiere la cosa.

—Mmm… un poco, pero, ¿mañana vas a la escuela, no?

—Puede que sí —dijo Pato serio.

Julio colgó el teléfono, se quedó pensando en la voz triste de su amigo y torció la boca. Fue a su cama y se acostó. Pedro estaba buscando algo en sus cajones.

—¿Vas a comer? —preguntó Pedro de repente—. Yo tengo que comer pronto. Voy a salir.

—Ahorita voy… ¿y mi mamá?—dijo Julio.

—Fue al doctor con Chepi, llegan al rato.

Pedro salió del cuarto y Julio se quedó ahí en su cama. Se sentía mal.

—Percibo algo que no había percibido antes en ti —dijo de pronto Moldavita.

—Es que me siento… triste —dijo Julio.

—Ah, tristeza.

—Todo va muy rápido. Hace unos días ni te conocía. Ahora, todo el tiempo quiero hablar contigo y ni me acordé de Pato. No le he hablado a nadie de ti ni a mi abuelita ni a Pato y me siento mal, ¿tú nunca te sientes triste?

—Nosotros no sentimos como lo hacen los humanos.

—¿Qué?

—Conozco los sentimientos. He percibido muchas veces la tristeza, pero no la siento.

—¿Y el odio? ¿Nunca te ha caído mal nadie?

—No.

—¿Y el amigo de mi hermana, Tesoro? ¿Te parece amistoso?

—Lo percibo como un ser hostil, pero no siento nada.

—¿Cómo puede ser que no sientas nada? ¡Eso está mal!

—No está bien ni mal, así somos.

—Pero cuando uno se siente feliz es padre, te sientes tranquilo, no tienes problemas, estás contento.

—Yo me percibo en paz. Estoy tranquilo. No tengo problemas.

—Tu planeta se deshizo, estás lejos de tu sol, nunca volverás a ver a los tuyos ni a hacer lo que hacías antes, ¿y dices que no tienes problemas?

—Estoy aquí y estoy en paz.

—¡Pues yo no estoy en paz! —dijo Julio en voz alta, enojado—. ¡Yo sí me siento raro!

—Los humanos pocas veces están en paz. Tienen demasiados sentimientos.

—¡Eso no es cierto! —exclamó Julio—. ¡Yo siempre me siento bien! ¡Ustedes son unos seres inferiores!

—No somos inferiores ni superiores. Somos diferentes a ustedes.

—¡Pues están muy raros! —dijo Julio otra vez en voz alta. Tenía los brazos cruzados y el ceño fruncido, parecía que tuviera a otra persona enfrente y estuviera discutiendo fuertemente con ella.

—Percibo en ti la hostilidad que he percibido muchas veces en los humanos —dijo Moldavita con calma.

—¡Yo no soy hostil! —replicó Julio.

—Los humanos se consideran una especie dominante, por eso son hostiles hacia los demás seres.

—¡Eso no es cierto! —dijo Julio, negando con la cabeza.

—No es cierto ni falso, es lo que es. Mira a tu alrededor. Los humanos siempre tratan de dominarse unos a otros y de dominar todo lo que les rodea. Hasta su planeta.

—Y ustedes eran muy buena onda, ¿no?

—Nuestro interés nunca ha sido dominar. Vivíamos en paz.

—Es muy fácil vivir en paz cuando no quieres ni odias a nada.

—No es fácil…

—ni difícil, lo que pasa es que así son —dijo Julio con tono de burla.

—Sí.

—Pero entonces… yo pensé que tú y yo éramos algo así como amigos y… no es así.

—Estoy en paz contigo. Te respeto. Te ayudaría si me lo pidieras y si yo pudiera. Así entiendo la amistad humana.

—¡Pues no la entiendes bien! —gritó Julio—. Y eso que se supone que tú comprendes todo.

—Hay algo que no comprendo.

—¿Qué?

—¿Por qué no hablas de mí con los que quieres?

Julio iba a contestar pero en ese momento un ruido en la puerta lo distrajo. Ahí estaba Pedro de pie, viéndolo con una cara de desconcierto que Julio nunca le había visto.

—¿Con quién hablas? —preguntó Pedro muy serio.

—Con nadie, yo…

—¡Estabas discutiendo con alguien! ¡Y te veías muy enojado! —alegó su hermano.

—¿Crees que estoy loco? ¿Hace cuánto que estás ahí parado viéndome?

—¿Qué te pasa, Julio?

—Tú lo sabías, ¿verdad? —dijo Julio, acercándose la piedra a la cara—. Sabías que él estaba ahí parado.

Julio aventó a Moldavita sobre su cama y salió corriendo del cuarto. Sentía que un par de lágrimas de coraje le resbalaban por la cara y se las limpió con la manga. Tenía la intención de irse y caminar sin rumbo, pero cuando abrió la puerta de la calle, se topó con su mamá y Chepi, que venían llegando.

—¿Qué te pasa, Julio? —preguntó su mamá, viéndolo con preocupación

—¿Qué tienes? —dijo Chepi, limpiándole una lágrima que todavía estaba en su cachete.

Julio sólo negó con la cabeza. Sentía un nudo muy gordo en la garganta y no podía hablar.

—¿A dónde ibas? —quiso saber su mamá.

—Iba a caminar un rato —dijo Julio, tragándose el nudo.

—¿A dónde? —insistió su mamá.

—Déjalo que camine un rato —intervino la abuelita—. Cuando regrese va a estar más tranquilo.

Chepi y su mamá entraron a la casa. Julio cerró la puerta y se fue. Caminó un rato por ahí cerca, le dio una vuelta al parque y se sentó en una banca. Diez minutos más tarde tocaba el timbre de la casa de Pato. Él mismo abrió la puerta. Se veía despeinado y desarreglado como siempre, pero no enfermo.

—¿Qué haces aquí? —preguntó sorprendido.

—Vine a verte —contestó Julio.

—Estoy bien, no creas —dijo Pato sintiéndose apenado.

—Vine a hablar contigo de algo.

Pato lo miró directo a los ojos, asintió con la cabeza y lo invitó a pasar. Fueron a su cuarto y al entrar, Julio cerró la puerta con llave.

—¿Qué rollo, Goyo? —exclamó Pato—. ¿Por qué tanto misterio?

—Pato, siéntate —dijo Julio tomándolo por los hombros y sentándolo en una silla. Después, él se sentó en la cama—. Tengo que decirte algo importante.

—¿Qué tanto?

—Nunca te he dicho nada así.

—¿De plano?

—De plano. No vayas a creer que estoy loco, porque yo te juro que no estoy loco. Y te lo puedo probar. Bueno, eso creo.

—¡Espántame, panteón! —dijo Pato con los ojos muy abiertos—. ¿Qué me vas a decir? ¡Ya suelta!

—Mira —comenzó a explicar Julio—. ¿Te acuerdas de la piedra que me regaló Rodrigo?

—¿La que te quemó?

—Esa.

—Sí, ¿qué tiene?

Julio cerró los ojos y tomó aire. No sabía cómo decirlo, pero estaba seguro de que la ruta más corta era la mejor de todas.

—Es... una piedra.

—¿Qué transita por tu cabeza, Julio? Eso lo sabe hasta Guacho.

—No, bueno... sí. Es que no es una piedra-piedra.

—No. Es un meteorito, ¿y eso qué?

—Viene de otro planeta.

—No, del baño de mi casa después de que van mis hermanas —dijo Pato impaciente—. ¿¿Y??

—Viene de otro planeta y tiene un ser adentro.

El silencio que siguió a esta frase fue como el vacío de un frasco. Pato miró a Julio y abrió la boca, pero ni un solo sonido salió de su garganta. Sus dientes frontales parecían verse más grandes que nunca. Julio lo miraba muy serio, aunque en sus ojos había una expresión asustada.

—Te juro que es cierto —dijo Julio con la cara más seria que Pato le había visto en su vida.

—¿Qué?

—El mismo día que me la regaló Rodrigo, la piedra me habló.

—¡¿Qué?! —repitió Pato, poniéndose bruscamente de pie y empujando la silla.

—Habla… bueno, se comunica conmigo. En Tepoztlán me lo contó todo.

—¿La piedra?

—No es una piedra ¡hay alguien dentro de ella! Pato, tienes que creerme.

—Estás loco —afirmó Pato en tono fulminante.

—Te juro que no, ¿por qué crees que brinqué así el otro día en el entrenamiento?

—Porque estás orate —dijo Pato, afirmando con la cabeza mientras su fleco brincaba.

—¡No! Porque hay energía entre la piedra y yo.

Pato se quedó pensativo un momento, entrecerrando los ojos.

—Bueno, eso sí estuvo raro... —admitió—. Nunca había visto a nadie correr y brincar así. Y luego, tus toques de alto voltaje.

—¡Ven a la casa! Le voy a pedir que hable contigo.

—¡No! ¡Eso sí que no! ¡A mí no me habla ninguna piedra loca!

—¡Por favor, Pato! Después de lo de hoy, todos en la casa van a pensar que estoy pirado del cerebro, ¡tú tienes que creerme!

Pato suspiró. Quería decirle que él también pensaba que estaba pirado, pero no se animó.

—Está bien, vamos —dijo, aunque no se veía convencido.

En el camino, Julio le contó atropelladamente todo lo que había pasado desde Tepoztlán. Le dijo lo de la energía, lo de la página de Shulemi en Internet y también que Pedro lo había visto mientras discutía con Moldavita en voz alta.

—Estás en aprietos, Julio.

—No, no. Lo que pasa es que me tengo que calmar —decía Julio todo nervioso—. Esto es tremendo, pero me tengo que calmar.

Cuando llegaron a casa de Julio, la mamá salió a recibirlo. Miró extrañada a Pato, no pensaba que Julio llegaría con él.

—¿Ya te sientes mejor? —preguntó la mamá.

—Sí —contestó Julio—. ¿Hablaste con Pedro?

—No. Se fue como cinco minutos después que tú.

—¿Y Chepi? —preguntó Julio mientras subía las escaleras a su cuarto.

—Se sentía un poco cansada y se fue temprano —contestó su mamá suspirando. Como jalado por el suspiro, Julio se detuvo en un escalón y miró a su mamá.

—¿Cuándo viene otra vez?

—Tiene que venir el lunes.

—¡Qué bueno! —exclamó Julio, luego se metió a su cuarto y cerró la puerta con llave.

—Okey, ¿dónde está tu marciano? —dijo Pato.

—No es marciano porque no viene de Marte. Siéntate ahí —dijo Julio señalando una silla— y espérame tantito.

Julio se puso a buscar a Moldavita en su cama, en el lugar donde él recordaba haberla dejado. Se sentía mal por la discusión y quería disculparse.

—¡No la veo! —exclamó—. Estoy seguro de que la dejé aquí.

—¿No es esa? —dijo Pato, mientras señalaba el buró de Pedro.

—¡Sí! ¿Qué hace ahí? ¡Bueno, dame un segundo!

Julio se sentó en su cama y miró a la piedra.

—Moldavita, quiero decirte algo —dijo Julio mentalmente.

—¿Qué es? —preguntó Moldavita.

—Seguro tú no sabes lo que es esto, pero quiero pedirte perdón.

—Los humanos dicen y hacen cosas que no quieren y luego sienten culpa. Entonces piden perdón.

—Algo así.

—Yo estoy en paz contigo, Julio.

—Tú sí, pero yo no. Si te pido perdón, me siento mejor. Mira, traje a Pato.

—Lo percibo.

—Ya le hablé de ti. Le conté todo, pero no me cree. Me está viendo con cara de que estoy loco.

—Sí, percibo desconfianza.

—Por favor, habla con él.

—No sé si pueda.

—Dijiste que me ayudarías si te lo pidiera y si tú pudieras.

—Pero no está en mí, sino en él.

—Vamos a intentarlo —pensó Julio.

Julio le pidió a Pato que se acercara. Puso la piedra en la mitad de la cama. Él se hincó a un lado, con los brazos doblados sobre la cama. Del otro lado, Pato se puso igual.

—Trata de tener tu mente abierta, Pato. Moldavita te va a hablar.

—¿Molda qué?

—Moldavita. Así se llama. Luego te explico.

—Okey, mente abierta —dijo Pato, cerrando los ojos.

Después de dos minutos en los que Julio se comió tres uñas de la mano derecha, Pato dijo:

—Yo no oigo nada.

—¿Cómo que no? ¡Espérame! —dijo Julio y luego se dirigió mentalmente a Moldavita—. ¿Qué pasa? ¿Por qué no hablas con Pato?

—Puedo saber qué piensa, pero no logro comunicarme con él. Es como si su mente estuviera rodeada de una pared.

—¡Inténtalo otra vez! Es muy importante que Pato me crea.

—Probaré de nuevo.

—Lo va a intentar otra vez, Pato —informó Julio.

Pasó otro minuto en el cual Julio se comió dos uñas de la mano izquierda.

—¿Oyes algo? —preguntó nervioso.

—Nada —contestó Pato, meneando la cabeza mientras comenzaba a ponerse de pie.

—¡Espera! —exclamó Julio y le dijo a la piedra—: ¿Qué pasa, Moldavita?

—¡No puedo entrar! Es como si resbalara. Pero puedo saber qué está pensando él. Dile que piense en algo, yo te lo digo a ti y tú se lo repites a él.

—¡Bien! —dijo Julio en voz alta, todo nervioso—. Mira Pato, no sabemos por qué no puede hablarte, pero puede saber qué piensas. Dice que pienses en algo, él me lo dirá a mí, yo a ti y así me vas a creer.

Pato cerró los ojos y pensó en algo.

—Ya estoy pensando —dijo.

Inmediatamente, Julio comenzó a oír la voz de Moldavita dentro de él.

—Piensas que estoy orate…

—Bueno, eso lo pensaría cualquiera, ¿no? —dijo Pato sin abrir los ojos—. Pero no estoy pensando sólo en eso…

—Piensas… —dijo julio cerrando también los ojos— en el día que fuiste al rancho de tu tío y un caballo lo pateó y le rompió la pierna… piensas en la fiesta de quince años de tu hermana, cuando le escondiste los zapatos y ella casi te avienta al tinaco… piensas que te enojaste en el entrenamiento del lunes, cuando yo brinqué…

Pato abrió los ojos y miró a Julio sorprendido.

—¡Es increíble! —exclamó—. ¿Cómo lo haces?

—¡No soy yo! ¡Moldavita es la que lee tu mente y luego me lo dice a mí!

—Y pensar que es una triste piedra —dijo Pato mirándola con cierto desprecio.

—¡Ya te dije lo que es!

En ese momento, la puerta se abrió bruscamente y entró Pedro. Los miró de soslayo y no dijo ni una palabra. Iba cargando unos libros en sus manos. Los dejó en la cama y luego encaró a Julio.

—Quería hablar contigo —dijo, con expresión seria y enojada.

Julio se sintió un poco asustado por el tono de voz de su hermano.

—¿Qué es, exactamente, esta piedra? —dijo Pedro tomándola en su mano.

Julio y Pato se miraron.

—Pasó algo muy raro cuando te fuiste. La aventaste en la cama y se cayó al suelo. Cuando la recogí, oí una voz muy fuerte, que me hablaba aquí —dijo Pedro, señalando el lado derecho de su cabeza.

—¿Te dijo algo? —preguntó Julio con los ojos redondos.

—Sí. Me dijo que tú no estabas loco y que se comunicaba contigo. Esta piedra está muy rara. Y luego tus toques.

—Y no has visto los brincos —agregó Pato.

—¿Qué es la piedra? —insistió Pedro.

—Soy un ser de otro planeta —contestó una voz que Pedro oyó como un altavoz a un lado de su oído derecho—. Julio y yo nos comunicamos y ahora, también me comunico contigo.

Pedro se dejó caer en la silla de la computadora. Miraba a Julio entre incrédulo y desconcertado. Entonces Julio le contó a Pedro todo lo que ya le había dicho a Pato. Prendió la computadora y les enseñó la página de Shulemi. Los cuatro —porque Moldavita intervenía en la plática de cuando en cuando, aunque Pato nunca se enteraba— estuvieron conversando largo rato. De pronto, la mamá de Julio entró al cuarto.

—Pero, ¿qué hacen? —preguntó extrañada—¡Son las nueve y media! La mamá de Pato ya habló para ver si él está aquí.

—Yo lo llevo a su casa en coche —se ofreció Pedro, poniéndose de pie.

—¡Yo te acompaño! —añadió Julio.

—Bueno, pero no se tarden nada —dijo la mamá.

En el camino, todos iban muy callados. Al llegar a su casa, Pato se bajó del coche y se despidió. Tocó el timbre y pronto le abrieron la puerta. Se volteó hacia el coche y agitó la mano para despedirse. Entonces, oyó una voz profunda que le hablaba cerca de su oído derecho.

—Estaremos en contacto, Pato —dijo la voz.

Pato sonrió de oreja a oreja y levantó el pulgar de su mano antes de entrar a su casa.

Al día siguiente, Julio y Pato se vieron en el camión de la escuela. Se saludaron como cómplices de una operación secreta. Julio notó que había algo diferente en Pato. Lo miró un momento pero no encontró nada en especial, era el mismo Pato despeinado, desgarbado y dientón de siempre. Quizás eran sus ojos, que tenían un brillo especial.

—¿Traes a… Moldavita? —preguntó.

—No —contestó Julio—. Si hablo con ella no puedo pensar en otra cosa. Y después de lo del entrenador, no quiero más problemas en la escuela.

—¿Sabes algo? —dijo Pato.

—¿Qué?

—Ayer, cuando me dejaron en mi casa, habló conmigo. Me dijo que estaríamos en contacto.

Julio sonrió contento. Sentía que en el fondo, y a pesar de la demostración de telepatía, Pato les seguía el juego a él y a Pedro mientras hablaban con Moldavita, sin estar totalmente convencido. Ahora era diferente: pertenecía al clan.

Al salir de la escuela, Julio invitó a Pato a comer. El plan era tener una larga plática con Moldavita esa tarde. Pato estaba emocionado con la idea.

Durante la comida, Pedro, Julio y Pato no paraban de hablar del partido de futbol del próximo domingo. La selección de México jugaba un partido amistoso contra la selección de Alemania y ellos iban a ir.

—Yo también voy a ir al partido —presumió Emi.

—¿Ah, sí? —dijo su mamá extrañada.

—Me invitó Juan Antonio.

—¿Te habló después de lo del tapete? —preguntó Pedro.

—¡Claro! Me habló ayer —contestó Emi muy segura.

—No tenía idea de que Teso…eh… Juan Antonio también iba —comentó Julio sin ocultar su desagrado.

—Sí. Pero no vamos a estar con ustedes —dijo Emi con una nota de desprecio en su voz—. Su papá tiene un palco en el estadio.

Pedro, Julio y Pato cruzaron miradas. Pato pensó que Emi se estaba ganando su lugar como presidenta de todos los chupamocos de la historia, pero no dijo nada.

—¡Qué nos importa! —exclamó Julio—. En los palcos no hay ambiente.

—Es cierto —afirmó Pedro—. El ambiente está en las gradas.

—¡Nosotros también vamos a llevar banderas! —replicó Emi.

—¿De Alemania? —preguntó Pato.

Todos se rieron.

—Muy graciosos —dijo ella molesta.

—En serio, Emi, no te ofendas pero aunque Tesoro nos invitara, no iríamos al palco de su papá —dijo Julio sin darse cuenta de lo de "Tesoro". Emi lo miró furiosa.

—¡Te prohíbo que le digas así! —gritó.

—¡A ver, a ver! —intervino la mamá levantando la mano—. No van a empezar a pelearse. Julio no le digas Tesoro a ese muchacho.

—¡Mamá! ¡Se llama Juan Antonio! —chilleteó Emi.

—¡Bueno! A Juan… Antonio.

Al terminar de comer, Julio y Pato fueron directo al cuarto de Julio. Pusieron a Moldavita en el suelo y se sentaron a los lados.

—¿Moldavita?—preguntó Julio mentalmente.

—¿Sí? —contestó la voz profunda.

—Aquí está Pato conmigo.

—Lo percibo.

—Ayer hablaste con él.

—Al despedirnos, sí, él pudo oírme.

—Vino a platicar contigo.

—Está bien.

—Y…¿puedes hablar con los dos al mismo tiempo?

—Claro.

—Pero, hay un problema —dijo Julio en voz alta—, si alguno de los dos te dice algo mentalmente, el otro no se va a enterar.

—Ustedes hablen en voz alta —propuso Moldavita—. Y yo hablaré en sus mentes.

Julio abrió la boca para repetirle a Pato el diálogo que acababa de tener, pero su amigo lo miraba sonriente.

—¡Escuché todo!

—¡Perfecto! —exclamó Julio—. Bueno, tú empieza, di algo.

Pato se puso a pensar y mientras lo hacía, se chupaba el labio inferior.

—¿Qué quiero saber? ¡Ya sé! ¿Cómo eres? —preguntó al fin—. Digo, no tienes forma de piedra, ¿o sí?

—No tengo ninguna forma —contestó Moldavita—. Soy un ser de energía. Soy como una luz.

—¿Eres niño o niña? —preguntó otra vez Pato.

—Entre nosotros no hay géneros como los hay entre ustedes.

—Eso está raro.

—No está raro, así somos.

—¿Y de dónde saliste? ¿De un huevo o qué? —interrogó Pato.

—En un lugar de nuestro planeta, existía un núcleo de vida del cual surgíamos todos nosotros.

—¿Qué? —preguntó Pato extrañado.

—Es difícil para ustedes entenderlo, porque su ciclo de vida es muy distinto. El núcleo de vida era un ser de energía que sí tenía una forma definida.

—¿Qué forma? —dijo Julio con los ojos muy abiertos.

—En realidad, podía tener varias.

—Explícate, porque no entendemos ni tuna —intervino Pato.

—Era lo que ustedes llaman un organismo. Un ser con forma y vida. Quizá me entiendan si uso la palabra "madre".

—¿Tenían una mamá? —preguntó Pato sorprendido.

—Algo así.

—¿Entonces, ustedes no tienen forma y su mamá sí? —quiso saber Julio.

—No era una madre como las de ustedes. Era un núcleo que almacenaba enormes cantidades de energía. Nosotros nos generábamos en ese núcleo. Cada veintitrés días en tiempo terrestre, surgía un nuevo ser de luz, un ser como yo.

—¿Y cuánto tiempo viven ustedes? —inquirió Pato.

—En tiempo humano, vivimos miles de años. Y podemos pasar mucho tiempo en estado de reposo en una piedra. Eso alarga nuestra vida. En mi planeta, yo no hubiera vivido tantos años, pero la falta de energía me ha tenido aletargado en esta piedra. Mi desarrollo está detenido.

—O sea que ustedes, ¿también se mueren? —dijo Julio.

—No como ustedes. Al término de nuestra vida, regresábamos al núcleo de energía y nos desintegrábamos.

—¿Y cómo era tu planeta? —cuestionó Pato.

—Era un planeta rocoso. La luz de nuestro sol era azul y por la órbita y el tamaño de planeta, estaba iluminado casi todo el tiempo. La mayoría de las rocas eran azuladas, aunque también había algunas verdes.

—¿Y qué hacían? —dijo Julio.

—Hacíamos muchas cosas.

—¿Cómo qué? —insistió Julio—. No se me ocurre. Tu planeta era rocoso y ustedes vivían en las rocas. Se alimentaban con la luz de su sol. Parece que lo tenían todo resuelto, entonces, ¿qué hacían?

—Nuestra especie viajaba, almacenaba información y construía.

—¿Cómo construían sin manos? —quiso saber Pato.

—Utilizábamos nuestra energía para mover las rocas y trabajarlas para crear albergues para las naves. Eran necesarios porque las tormentas de polvo cósmico eran comunes en mi planeta y podían dañarlas.

Julio y Pato se miraron extrañados.

—¿Cuáles naves? —preguntó Julio sorprendido.

—El núcleo producía dos formas de vida: seres como yo y otros iguales a él, aunque de menor tamaño. Somos iguales en todo, sólo que las naves tenían una forma más definida y eran mucho más grandes que nosotros. Ellas almacenaban la energía necesaria para viajar por el espacio. Las pueden llamar naves-madre.

—Pero, ¿cómo le hacían para viajar? —quiso saber Pato.

—El universo entero está lleno de cinturones de energía, algo así como carreteras por donde la energía fluye en cantidades gigantescas. Nosotros los conocíamos bien, sólo teníamos que dirigirnos a ellos y de ahí, a donde quisiéramos llegar.

—¿Llegaban rápido? —quiso saber Julio—. ¿Era como la velocidad de la luz?

—La velocidad de los cinturones de energía es superior a la de la luz.

—¿Qué energía es esa? —preguntó Pato con los ojos como dos lunas—. ¿Nuclear?

—No. Es la energía que existe en cada partícula del universo y que se concentra en los cinturones.

—¡Bueno! —exclamó Pato—. Si tuviéramos esa energía, viajaríamos por el espacio.

—Ustedes *tienen* esa energía.

—Eso yo ya lo comprobé —convino Julio.

—Los seres humanos tienen una gran energía —explicó Moldavita—. Pero muy pocos saben usarla. Julio tiene mucha energía libre.

—¿En dónde la tiene? —quiso saber Pato.

—La energía no está en ningún lugar ni en ningún órgano en especial. Está dentro de ustedes, en cada célula de su cuerpo.

—¿Yo también la tengo? —preguntó Pato incrédulo.

—Todos la tienen en igual medida, sólo que unos la tienen más libre. Los bebés al nacer, son pura energía. Con los años la van encerrando en lugar de liberarla.

—¿En dónde se encierra? —cuestionó Pato, tocándose la panza con asombro, como si ahí estuviera.

—No se encierra en ningún lugar, se va bloqueando toda.

—¿Cómo? ¿Se tapa y ya no puede salir? —preguntó otra vez Pato, frunciendo las cejas.

—Sí.

—¡No! —exclamó Pato—. ¡Eso no es cierto!

—No cierres tu mente a lo que no conoces. Negarse a conocer es una de las razones por las que se bloquea la energía.

—Entonces… —intervino Julio— la energía está igual en un pie que en el cerebro.

—Así es. Algunos humanos dicen que la energía fluye a través de siete puntos que llaman *chakras*.

—¡Chakras! —exclamó Julio abriendo los ojos—. ¿Como el chakra del corazón que sale en el sitio de Shulemi?

—Sí —contestó Moldavita.

—¿Shulemi, la que vende moldavitas? —preguntó Pato. En ese momento, los dos amigos se miraron como si se les hubiera prendido el foco al mismo tiempo.

—¡Moldavita! —dijo Julio emocionado—. ¿Crees que... podría haber otros como tú?

—Es muy probable —contestó la piedra.

—Podríamos ir con Shulemi y ver las piedras que tiene —sugirió Julio.

—A mí me late cacahuate, pero... ¿crees que le haga caso a un par de chavos? —comentó Pato desanimado. Julio se quedó pensativo un momento.

—¡Ya sé!—exclamó, animándose de repente—. ¡Vamos a decirle a Pedro que nos ayude! Él siempre se ve muy formal.

—¡Chido! —exclamó Pato—. ¿Dónde anda?

—Ehhh... creo que se fue con sus cuates a hacer un trabajo —dijo Julio desinflándose—. Tendremos que decirle después.

Esa misma noche, Julio le explicó a Pedro el plan y él estuvo de acuerdo en ayudar. Al día siguiente, Pato se quedó a comer otra vez en casa de Julio. Su mamá no estaba y Emi tampoco. Pedro tenía mucha hambre y quería comer, pero Julio estaba muy nervioso y no quería probar bocado hasta que hablaran con Shulemi. Pedro marcó el número que aparecía en el sitio de Internet. Mientras él hablaba, Julio y Pato tenían la oreja pegada a otra extensión.

—Buenas tardes, centro holístico Shulemi —contestó una voz femenina que derramaba miel y paz.

—Eh… quisiera hablar con Shulemi —dijo Pedro un poco nervioso.

—Yo soy Shulemi —repuso la voz.

—Eh… vi su página en Internet —continuó Pedro—. Estoy interesado en las moldavitas.

—¿Quieres verlas? —dijo Shulemi en un tono melodioso.

—Eh…sí. Digo, si las tiene a mano.

—¿Deseas paz en tu vida?

—Eh… no. Bueno, sí. No es eso, sólo quiero verlas —contestó Pedro sintiéndose cada vez más pazguato.

—Verlas no sirve de mucho —explicó Shulemi—. Hay que tener una para cambiar la vida.

—Y, ¿cuánto cuestan? —preguntó Pedro para salir del paso.

—Ciento cincuenta pesos el gramo —dijo la gurú con voz angelical.

—¡¿El gramo?! —exclamó Pedro.

—Pues sí, pero tengo de todos tamaños, hay unas del tamaño de un arete, casi no pesan nada.

—¿Y esas también hablan? —soltó Pedro sin querer.

—¿Qué? —dijo Shulemi con una voz un tanto menos dulce, que inmediatamente corrigió—: Eh… sí, sí, todas son moldavitas puras, tienen certificado de autenticidad. Puedo darte cita mañana a las cuatro para que las veas.

—Está bien.

Después de la llamada, los tres se miraban inexpresivos.

—Esta santa señora me puso nervioso con su vocecita —admitió Pedro.

—A mí me da muy mala espina —añadió Pato.

—A mí también, pero no queda de otra, mañana vamos a verla —dijo Julio muy serio.

—Mañana *ustedes* van a verla —aseveró Pedro.

—¡Porfa, Pedro!—dijo Julio con cara de súplica.

Pedro lo miró torciendo la boca. Sabía que no le iba a aceptar un no.

—¡Está bien, voy a ir! Pero el domingo en el partido a ti te toca cargar banderas y cornetas, ¿trato hecho?

—¡Trato hecho! —aceptó Julio sonriente.

Al día siguiente, a las cuatro en punto, Pedro, Julio y Pato llegaban a la muy tranquila Cerrada del Secreto. Buscaron el número 11. Era una casa pintada de un blanco chillón, si es que el blanco puede ser chillón. Las paredes, las puertas y hasta los vidrios de las ventanas eran blancos. Bajo un número 11 plateado, se leía, con letras también plateadas: *Centro Holístico Shulemi.* Pedro tocó el timbre. Pasó como un minuto y no se oía ningún ruido dentro de la casa, así que tocó otra vez.

—¡Ya voy! —dijo una mujer. Pedro reconoció inmediatamente la voz de Shulemi.

Unos segundos después, se abría la puerta. Ahí de pie estaba una señora como de cincuenta años, muy alta. Tenía el pelo negro y corto, su cara era angulosa y delgada y sus ojos, aunque muy grandes, parecían no estar totalmente abiertos, como si sus párpados fueran muy pesados. Estaba toda vestida de blanco e iba descalza. Los miró con gesto amable pero un tanto serio.

—¿Puedo ayudarles?

—Eh… sí —dijo Pedro, sintiéndose todavía más nervioso ante la presencia de la dueña de la voz—. Soy Pedro Ayala. Ayer hicimos una cita para ver las moldavitas.

—¡Ah, claro! —exclamó Shulemi suavizando el gesto—. Pasen, quítense los zapatos y déjenlos aquí.

Los tres obedecieron y colocaron sus tenis en unas repisas que había a un lado de la entrada, donde descansaban muchos otros pares. Después Shulemi se dio la media vuelta y empezó a caminar muy erguida y con paso ligero hacia el interior de la casa. La siguieron y notaron que por dentro todo era igual de blanco que por fuera. No había ningún mueble, sólo cojines blancos para sentarse en el suelo. Shulemi caminó a través de un jardín muy bonito donde estaba la fuente que aparecía en su sitio de Internet. Alrededor de la fuente, ocho personas, todas vestidas de blanco, estaban sentadas en flor de loto y meditaban con los ojos cerrados.

Pedro, Julio y Pato siguieron a Shulemi hasta una oficina que estaba en el fondo del jardín. Era un cuarto redondo, también pintado de blanco. Ahí sí había un escritorio y un librero —blancos— y muchas macetas con plantas y flores bien cuidadas. Un prisma de vidrio colgaba del techo y caía sobre la puerta. Cuando todos estuvieron adentro, Shulemi cerró la puerta y se dirigió a una caja de metal que tenía una pequeñísima cerradura. Cargó la caja y la puso sobre el escritorio. Abrió un cajón y sacó una llave diminuta que metió en la cerradura. En todo el trayecto desde la puerta de entrada hasta su oficina, la gurú había caminado sin mirar atrás ni fijarse si ellos la seguían. En cuanto abrió la caja, los observó con detenimiento. Había cierta desconfianza en su mirada. Julio no pudo reprimir un suspiro de impaciencia que se oyó por todo el cuarto. Shulemi alzó una ceja e inclinó la cabeza.

—Ustedes… ¿ya saben lo que son las moldavitas? —dijo con su voz suave y modulada.

—Sí —contestaron los tres a un tiempo.

—Ah… —dijo ella, afirmando con la cabeza, mientras su mirada iba de uno a otro—. Alguno de ustedes… ¿medita?

Los tres se miraron dudando. Julio y Pato negaron con la cabeza.

—Las moldavitas sólo son valiosas para los que meditan —explicó Shulemi poniendo su mano sobre la tapa de la caja.

—Eh… no es para nosotros —dijo de pronto Pedro—. Se la queremos regalar a un tío que hace yoga.

—Ahhh —dijo ella alzando otra vez la ceja—. ¿Y saben de qué tipo quieren?

—Sí. Una Besednice —se apresuró a decir Julio.

—¡Ahhh! —exclamó ella abriendo un milímetro sus ojos dormilones—. Esas son las más raras que hay. En realidad, sólo tengo una y no está en venta. Las que están en esta caja son Chlum.

—De todas formas queremos verlas. Quizás haya alguna que nos guste —dijo Pedro.

Después de mirar de nueva cuenta a cada uno a los ojos, Shulemi abrió la caja. Sobre un terciopelo rosa pálido, había unas cincuenta piedras perfectamente bien acomodadas. La más pequeña era como del tamaño de un chícharo y la más grande era como un huevo. Todas tenían el mismo color verde oscuro y la misma textura que Moldavita, pero no tenían sus bordes picudos. Pedro, Pato y Julio se inclinaron sobre la caja para verlas de cerca.

—Si quieren, pueden tocarlas —sugirió Shulemi.

—¡No! —exclamó Pato—. A veces queman.

Shulemi lo miró sorprendida. Ahora sí abrió sus ojos.

—Bueno…—dijo ella— algunas personas son sensibles a su poder, pero no creo que ustedes…

Julio y Pato se voltearon a ver y sonrieron levantando las cejas dos veces. Eso irritó a Shulemi.

—¡Bien! Tengo muchas cosas que hacer. Si les interesa una de éstas, páguenla y llévensela —dijo la gurú con una voz chillona que no sonaba nada dulce. Como si estuvieran de acuerdo, los tres se pusieron a ver las piedras fingiendo interés.

—Moldavita, ¿estas piedras tienen a un ser como tú? —preguntó Julio en su mente.

—No. Percibo en ellas un compuesto similar al mío pero no exactamente igual. No son moldavitas.

—¿Son falsas? —pensó Julio.

—Sí. Pero en algún lugar de esta habitación percibo un compuesto y una energía iguales a los míos.

—¿Dónde? —preguntó Julio.

—Detrás de ella.

—¡Bueno! ¿Ya decidieron? —preguntó Shulemi impaciente.

Pedro y Pato miraban a Julio.

—Creo que no vamos a llevar ninguna de éstas —dijo Julio muy serio—. Buscamos una Besednice. ¿Nos dejaría ver la que no se vende… sólo verla?

Shulemi lo miró con renovada desconfianza. Después, se volteó hacia el librero que estaba detrás de ella y tomó una caja de madera que también tenía una cerradura, sólo que la llave de ésta colgaba de una cadena en su cuello. Rápidamente abrió la caja y les mostró el contenido. Ahí estaba una piedra muy parecida a Moldavita, pero tres veces más grande. Los tres abrieron la boca sorprendidos. Julio sintió inmediatamente un calor en el bolsillo donde estaba Moldavita.

—¡Guau! ¿Puedo tocarla? —preguntó.

—No —dijo Shulemi cerrando de golpe la caja—. Cada moldavita tiene su dueño y nadie más puede tocarla. Se pueden cruzar los karmas y además, ésta es especial.

Los tres se quedaron callados, viéndola.

—¡Muy bien, si no van a comprar nada, por favor retírense! —exigió Shulemi irritada.

—¿Y por qué éstas no son especiales? —preguntó Pato, ignorando a Shulemi y señalando la caja de metal.

—Yo sé —intervino Julio—. Porque son falsas.

—¡Ya estuvo bueno! —tronó la gurú y señalando con el dedo índice la puerta, gritó enojada—: ¡Fuera de aquí!

Los tres comenzaron a caminar hacia la puerta, pero Julio volteó un segundo más. Algo en el dedo de Shulemi llamó su atención: la yema era azul. Ansioso por ver el resto de su mano, se detuvo un momento sin dejar de mirarla. Pedro lo jaló del brazo.

—¿Qué no oíste, escuincle? ¡Fuera! —bramó Shulemi.

Julio alcanzó a ver tres dedos más: todas las yemas eran azules. Su hermano tuvo que darle un buen jalón, después los tres caminaron presurosos hasta la repisa donde habían dejado sus tenis. Shulemi iba tras ellos resoplando. En unos segundos, Pedro, Pato y Julio estaban en la calle, amarrándose las agujetas. Julio no dejaba de pensar en los dedos azules de la mujer. Quizá se había manchado con tinta esa mañana pero... ahí todo era tan blanco y limpio. Si estuviera sucia, se habría lavado. A lo mejor las manchas eran otra cosa.

—¡Julio! ¿Para qué querías verle las manos a ésa? —le reprochó Pedro enojado—. ¿No viste que estaba furiosa?

—Es que sus dedos...

—¡Qué dedos ni qué dedos! —gritó Pedro— ¡Y decirle que sus piedras eran falsas!

—¡Eran falsas! —se defendió Julio— ¡Moldavita me lo dijo!

Pedro suspiró fuerte mientras meneaba la cabeza y miraba enojado a su hermano.

—¡Esa mujer es un fraude! —arremetió Julio.

—¡A lo mejor, pero estábamos en *su* casa! —argumentó Pedro.

—Oigan... —intervino Pato tímidamente— y... ¿la que tenía en la otra caja?

—Esa sí era buena —resopló Julio.

—¡Excelente! Esa no está en venta y si la vende pedirá un millón de pesos por ella, ¡Julio, ya páral e con este numerito de la piedra!

Los tres echaron a andar de regreso. En el camino nadie habló, ni siquiera Moldavita. Al llegar a su casa, vieron el coche de Tesoro estacionado enfrente.

Ninguno quería toparse con él, así que entraron silenciosamente por la cocina. Pedro se fue a su cuarto mientras Julio y Pato se servían un vaso de agua. Julio tenía cara de enojado.

—Ya Juliete, tampoco te esponjes —dijo Pato—. No puedes juntar a todas las moldavitas del mundo para traerlas con la tuya.

—No —coincidió Julio torciendo la boca mientras sacaba a Moldavita del bolsillo y la miraba dándole vueltas.

—¿Cuánto costará la piedra de esa señora? —preguntó de pronto Pato—. Digo, si cuestan ciento cincuenta pesos el gramo y era como tres veces más grande que la tuya…

—¿Sabes cuánto pesas, Moldavita? —preguntó Julio.

—Cincuenta y ocho gramos —contestó Moldavita—. Y la piedra de Shulemi pesa ciento setenta y seis gramos. Es decir, cuesta veintiséis mil cuatrocientos pesos.

—¡Fuiiii! —silbó Pato, que había oído.

En eso, una conocida figura fortachona entró a la cocina y se recargó en el refri. Pato se puso una mano en la cara, tapándose un ojo. Julio pensó que, definitivamente, ese no era su día.

—Pero si aquí están los embarracaca —dijo Tesoro burlón.

Julio y Pato no dijeron nada.

—Supe que van a ir al partido —continuó Tesoro—. Espero que tengan con quién irse, no quiero llevarlos en mi coche.

—Prefiero irme a pie que contigo —contestó Julio.

—¡Ja! ¡Perfecto! —rió Tesoro—. Esperaba que dijeras eso. Sólo tengan cuidado con lo que pisan en el camino. Y a propósito, el tapete no quedó bien.

—¡Lo lavamos perfectamente! —exclamó Julio.

—Bueno, se decoloró. Tuve que comprar uno nuevo. Eso no es problema, claro, lo difícil fue encontrar uno original, tuve que mandarlo traer de Alemania.

Julio no dijo nada. Tenía a Moldavita en su mano y le daba vueltas nervioso. De pronto, Tesoro reparó en ella. Se acercó un poco a Julio y rápido como un halcón que se lanza sobre un conejo, se la quitó.

—¿Qué haces? —protestó Julio— ¡Dámela!

—Mmmm —dijo Tesoro sonriendo sarcástico mientras la veía—. Se ve que te gusta mucho esta piedra, ¿qué es?

—¡Qué te importa! ¡Dámela! —dijo Julio rojo de coraje.

—Al niño de los toques le gustan las piedras. Y, ¿ésta es resistente? —preguntó Tesoro sonriendo con sorna al tiempo que la apachurraba. Era claro que disfrutaba la situación. Para molestar más, comenzó a arrojar la piedra hacia arriba para luego cacharla, mientras miraba a Julio con gesto burlón. Julio se puso nervioso de verdad, después de todo, Moldavita era un vidrio y podía romperse si se caía al suelo. De pronto, Julio recordó que la había estado tocando, tenía la energía en sus manos. Con el firme propósito de darle un toque bestial a Tesoro, se acercó a él. Entonces oyó la voz de la piedra.

—No hagas eso, Julio —le dijo.

Julio se detuvo en seco. Tesoro seguía aventando a Moldavita hacia arriba, ahora dando una palmada atrás antes de cacharla.

—Piensa antes de usar tu energía.

Julio se concentró en sus pies y de inmediato sintió una descarga fría que corría dentro de él. Cuando Moldavita estaba en el aire y casi tocaba el techo, él pegó un brinco, se elevó por encima de Tesoro y la atrapó. Al caer en el suelo vio que el amigo de su hermana lo miraba sorprendido y furioso. En eso oyeron los pasos de Emi que venía bajando las escaleras.

Tesoro se agachó hasta que su cara estuvo muy cerca de la de Julio.

—Tú tienes algo raro, muuuuy raro —susurró amenazador—. Pero yo lo voy a descubrir. Y entonces, verás.

—¿Juan Antonio? —lo llamó Emi desde la sala.

Tesoro salió de la cocina sin mirarlos. Julio y Pato se escondieron detrás de la puerta para espiar.

—¿Dónde estabas? —preguntó Emi.

—En la cocina. Fui por un vaso de agua —contestó él, tratando de aparentar calma.

—Ya estoy lista, vámonos —dijo ella.

Julio y Pato los vieron irse. En cuanto cerraron la puerta, Pato se tiró al suelo y se rió hasta que le dolió la panza. Julio también se reía.

—¿Viste su cara? ¿La viste? —preguntó Pato rojo de risa.

—Es un payaso —dijo Julio.

—¡Ahora sí! Esto fue lo más chido-liro-clodomiro con todo y el vampiro-ramiro que he visto —exclamó Pato feliz.

—¿Tú que opinas, Moldavita? —quiso saber Julio.

—Estuvo mejor que el toque que pensabas darle. Pero sigue siendo una forma primitiva de usar la energía —opinó Moldavita.

—Primitivo o no, eres la pura verdura, Julio —dijo Pato.

Emociones en el estadio

El esperado día del partido llegó. Julio se levantó de un brinco, se bañó como rayo y se puso unos shorts blancos y una camiseta verde como la de la selección. Luego metió a Moldavita en su bolsillo. A las 8:30, Pato tocaba el timbre, venía vestido igual. A las 9:00 los recogería Nacho, el mejor amigo de Pedro, que había ofrecido su Volkswagen modelo 72 para llevar a todos sus cuates. Emi se iría más tarde con Tesoro.

Los tres bajaron a la cocina para desayunar algo rápido y sacar las banderas y las cornetas de la bodega. Los papás de Julio tomaban un café mientras leían el periódico.

—¿Ya listos? —preguntó la mamá—. Desayunen algo rápido. Les hice jugo de naranja.

Los tres tomaron el jugo de un sorbo y engulleron un bizcocho. Después se metieron a la bodega donde guardaban todo lo que no usaban con frecuencia. Atrás de los adornos navideños, estaban tres enormes banderas de México y dos cornetas gigantes.

—¿A qué hora empieza el partido? —quiso saber el papá.

—A las doce —contestó Julio.

—No le veo el caso a llegar a asolearse tres horas antes —comentó la mamá sin levantar la vista del periódico.

—Para estar en buen lugar, hay que llegar temprano —dijo Pedro—. Va a estar lleno.

—Además, nos vamos a pintar la cara y eso tarda —añadió Pato.

A las 9:10 tocaron la puerta, era Nacho. En su *vocho* ya venían cuatro amigos, además de otras dos banderas grandes y dos matracas gigantes. Los papás de Julio les ayudaron a meter las cosas en la cajuela. Pedro y tres de sus cuates se acomodaron en el asiento de atrás y Julio y Pato se sentaron en sus piernas. El coche arrancó con algunos trabajos y se alejó lentamente por la calle tocando el claxon como si la selección ya hubiera ganado el partido. Los papás los despidieron con la mano hasta que desaparecieron de vista. Julio los miraba a través del pequeño cristal trasero del coche y sonreía. De pronto sintió que su mamá no estaba como siempre. Era como si ella estuviera ahí pero su mente en otro lado. Julio se dio cuenta de que en los últimos días, su mamá sonreía, hablaba y hacía lo mismo de siempre, pero su mirada parecía lejana. Julio pensó unos segundos en esto, pero pronto lo olvidó. El ambiente dentro del coche era demasiado animado como para pensar en algo más. A medida que se acercaban al estadio había más y más coches con banderas. Ríos de gente caminaban por las banquetas, todos llevaban camisetas verdes, listones tricolor en la cabeza, sombreros, cornetas, banderas. Cuando la selección juega un partido importante, aunque sea amistoso, la afición y su ambiente son como un jugador más. Claro que es un jugador caprichoso. Cuando todo va bien, las porras, los oles, olas y gritos no paran, pero cuando la cosa se pone fea, la rechifla no se hace esperar. Y cuando el rival es poderoso, como ese día, el público hace hasta lo imposible por infundir valor a los jugadores.

—Moldavita—dijo Julio en su mente—. Vas a ver qué padre es esto.

—Percibo mucha energía alrededor —dijo Moldavita.

Nacho estacionó el coche y los ocho amigos comenzaron la marcha hacia el estadio, que de cerca resultaba imponente. Julio, ayudado por Pato, había cumplido su promesa de cargar banderas y cornetas. Afuera del estadio, un centenar de puestos ofrecía todo tipo de recuerdos del evento. Julio y Pato aprovecharon para pintarse la cara con los colores nacionales.

Eran las 10:30 cuando por fin entraron. El estadio ya estaba lleno a la mitad y seguía lloviendo gente. Por todos lados empezaban las porras y las olas. Había un grupo enorme en las gradas de arriba que llevaba tambores y bongós y hacían retumbar al estadio. También había un contingente de alemanes que estaban todos juntos y resaltaban entre la multitud. Pato y Julio se unían a todas las porras, soplaban las cornetas como locos y estaban felices.

A las 11:45, el lugar estaba prácticamente lleno. Los jugadores de la selección alemana salieron a pelotear y se escuchó un "¡Buuuuú!" por todo el estadio. El ruido de las 100,000 personas ahí reunidas parecía el zumbido de un enorme enjambre de abejas gigantes. Por los pasillos, ahora llenos de gente sentada en las escaleras, pasaban vendedores con papas, bebidas, *hotdogs*, pizzas y sopas calientes.

Cinco minutos antes de las 12:00, un locutor anunció la salida de ambas selecciones. Primero salió la de México. Miles de papeles de colores volaron desde arriba mientras se agitaban las banderas. Un *"¡Bravo!"* generalizado se oyó por todo el estadio seguido de la porra *"México-México-México"* que estallaba por todos lados acompañada de cornetas, matracas y tambores. Luego salió la selección de Alemania. La gritería azteca ahogaba cualquier intento de la porra alemana por hacerse oír, pero de todas formas los germanos ondeaban sus banderas y agitaban los brazos, emocionados.

Después de escuchar los himnos de ambos países, el silbatazo del árbitro dio por comenzado el partido.

Ambas selecciones empezaron a jugar algo tímidas, pero pronto entraron en calor. El partido empezaba a ponerse interesante. Cada vez que la selección de México tenía el control de la pelota, el estadio entero, como si fuera una sola voz, gritaba "*¡Ole!*" en cada pase. Cuando Alemania controlaba mucho la pelota, venían los chiflidos. El primer tiempo pasó rápido, con intentos de gol de ambas selecciones que aceleraban el pulso de 100,000 corazones.

Los 15 minutos de descanso pasaron volando. Al regresar a la cancha, las porterías habían cambiado. Ahora, la portería alemana quedaba muy cerca de donde estaba sentado Julio. Al empezar el segundo tiempo alguien, con voz muy potente, gritó "*¡Arriba, México!*" y las porras regresaron con renovado entusiasmo, sin embargo, los alemanes comenzaron a dominar peligrosamente el balón. Hubo tres tiros que pegaron en el marco de la portería de México. El público estaba muy nervioso. El equipo germano jugaba de manera muy compacta y rápida, no cedían la pelota para nada. Los minutos pasaban y el panorama no se veía bien. Pero en el minuto 35 vino una oportunidad. Los jugadores de México lograron el control del balón en un tiro de esquina de Alemania y desde el fondo de la cancha corrieron, triangularon y burlaron a la defensa para acercarse a la portería alemana. El público entero, unido en un solo grito, se paró de su asiento. El delantero había llevado el balón a unos metros de la portería, el guardameta alemán observaba a la pelota con la expresión de un felino a punto de saltar sobre un ratón, pero la habilidad del jugador logró engañarlo lanzando un cañonazo marca diablo que voló sobre su cabeza y se ensartó justo en el centro de la portería.

Ante ese gol, todos en el estadio brincaron con los brazos en alto. Un grito que se oyó hasta el cielo salió de todos los que estaban ahí, incluidos los alemanes: "*¡Gooooool!*". El estadio se caía bajo un júbilo de banderas, cornetas, matracas, tambores, gritos y vasos de cerveza llenos que salían volando en todas direcciones. Julio pensaba que ya nada importaba. Los alemanes podían hacer lo que quisieran, ese gol había sido demasiado bueno. Quedaban pocos minutos de juego. Los jugadores de México y el público, unidos por una extraña poción de gozo que parecían haber bebido juntos, controlaron el partido hasta el silbatazo final.

Después del juego, fueron a casa de Nacho donde comieron pizzas, hablaron del juego hasta que se cansaron y luego jugaron una cascarita. Julio y Pato estaban muy contentos. Siempre que estaban juntos, las preocupaciones de la vida quedaban muy lejos. Reírse de cualquier simple cosa o comentar el paso de la mosca era lo más normal. Ese día, Julio casi ni se había acordado de Moldavita. Cuando llegó a su casa en la noche, estaba agotado. Se sacó la piedra del bolsillo de sus *shorts* y la puso en su buró. Con la cara sucia de mugre y pintura corrida, y el pelo tieso por el sudor seco, se acostó sobre las cobijas. Aunque pensaba que bañarse era buena idea, estaba tan cansado que no podía moverse. Ahí acostado, oyó la voz de Moldavita.

—Julio…

—Dime… —pensó Julio con los ojos cerrados, más dormido que despierto.

—Hoy en el partido, percibí algo que no había percibido antes…

—¿Qué? —dijo Julio, haciendo un esfuerzo por mantenerse despierto.

—Al momento del gol… fue como si una energía le diera la vuelta al estadio y pasara a través de mí.

—A mí me dio mucha emoción el gol —pensó Julio mientras se acomodaba de lado.

—Nunca la había percibido así, eso fue… ¿Julio?

Julio ya no respondió. Estaba demasiado cansado. En los últimos días habían pasado muchas cosas y la emoción del partido fue como una válvula de escape. Ahora estaba irremediablemente dormido.

A las dos de la mañana, Julio se despertó. No se sentía cómodo. Estaba vestido todavía con su uniforme de la selección y ahora la tela se sentía pegajosa y fría. Se había quedado con los tenis puestos, ¿cómo nadie le había dicho que se cambiara? Además tenía hambre, él siempre cenaba. Se levantó, se puso la pijama enfurruñado y fue a la cocina a buscar algo de comer. Se sirvió un plato de cereal que se comió de mal humor. Cuando iba de regreso a su cama, vio una luz encendida en la sala. Pensó que habían olvidado apagarla, así que fue a hacerlo. Al entrar en la sala vio a su mamá sentada en un sillón. Estaba de espaldas a él y no podía verlo. Julio se acercó un poco. Su mamá se había envuelto en una cobija y tenía un libro en la mano. A Julio se le hizo muy raro ver a su mamá en la sala a las dos de la mañana, aunque pensó que quizás estaba trabajando en algo. Se acercó muy quedito y notó que ella miraba el libro pero no lo leía.

—¿Mamá? —dijo Julio tímidamente.

Su mamá se sobresaltó y volteó a verlo con los ojos muy abiertos.

—¡Julio! —exclamó, forzando una sonrisa.

—¿Qué haces aquí? —preguntó Julio.

—No podía dormir, así que me vine a leer un rato.

Julio se quedó ahí parado. Quería regresar a su cama pero al mismo tiempo sabía que a su mamá le pasaba algo. Ella lo miró fijamente un momento y luego alargó los brazos invitándolo a un abrazo. Julio se sentó a su lado y la abrazó. Su mamá suspiró.

—¿Tienes algo, ma? —preguntó tímidamente. Su mamá lo miró con ternura.

—Sí —contestó, frunciendo la nariz.

—¿Qué es?

La mamá negó con la cabeza, suspiró y le hizo un cariño en el pelo.

—¿Sabes? —le dijo—. A veces las mamás pensamos que los hijos no deben saber ciertas cosas. Pero te veo a los ojos y no se qué pensar. Nunca has sido ingenuo, pero ahora, no sé si…

La mamá se interrumpió y lo miró, apretando los labios, como si no quisiera decir más.

—¿Qué es, ma? —preguntó Julio con una mezcla de curiosidad y temor—. ¿Qué pasa?

—Lo que pasa… —comenzó a decir su mamá, tomando fuerzas— es que quizá mi mamá esté enferma.

—¿Abuelita Chepi? —dijo Julio sorprendido.

Su mamá asintió con la cabeza

—¿Qué tiene? —preguntó Julio.

—Tiene una bolita en un seno —explicó su mamá—. Fuimos con un doctor y le hizo unos exámenes para saber qué es.

—¿Tiene un tumor?

—Sí, es un tumor. Pero no sabemos si es maligno. Mañana nos dan los resultados.

Julio no dijo nada. Se quedó pensando en las cosas que había oído en su vida acerca de los tumores. Nada era bueno. Miró a su mamá y vio que sus ojos estaban llenos de lágrimas. Él sintió una bola que crecía en su garganta y no lo dejaba respirar. Se recargó en el hombro de su mamá y se abrazaron muy fuerte. Julio la oía sollozar quedito.

—¿Qué le va a pasar? —quiso saber.

—No sé —contestó su mamá.

Los dos se quedaron abrazados un rato. Julio tenía tantos pensamientos que unos se encimaban sobre otros y nada era claro.

—¿Cómo estuvo ayer el partido? —preguntó de pronto su mamá, limpiándose las lágrimas con la mano.

Como si el día anterior fuera parte de una felicidad muy lejana, Julio sonrió.

—Estuvo muy bueno.

—¡Qué bien! —dijo su mamá—. Pero no te bañaste cuando llegaste, porque hueles a chivo.

—Estaba cansadísimo…

—Yo también estoy cansada. Vámonos a dormir.

Los dos subieron las escaleras juntos. Su mamá le dio un beso antes de que se metiera a su cuarto. Julio se acostó en su cama e intentó dormir, pero ya no pudo.

Cáncer

Al día siguiente, Julio estuvo muy distraído en la escuela. Estaba muy cansado y además, no dejaba de pensar en lo que le había dicho su mamá. Habló muy poco con Pato y a la hora del recreo se fue a la biblioteca. No quería saber de nadie. En el camión de regreso, Julio vio que sus hermanos platicaban con sus amigos muy quitados de la pena y pensó que no sabían nada de lo de Chepi.

En cuanto llegaron a su casa y entraron por la cocina, vieron que la mesa no estaba puesta, como siempre que ellos llegaban. Oyeron voces en la sala y los tres fueron hacia allá. Al entrar vieron a Chepi sentada en un sillón, algo pálida, pero tranquila. A su lado, la mamá de Julio lloraba desconsolada, dándole la mano a Chepi. El papá estaba de pie muy serio. Pedro y Emi se acercaron, pero Julio se quedó parado en la puerta. Sabía que las noticias eran malas y no se atrevía a entrar. Los gemelos miraban a los adultos asustados e inquietos.

—¿Qué pasa? —preguntó Emi.

Su papá los miró pero no dijo nada. Su mamá respiró hondo y se secó las lágrimas con un pañuelo. Chepi suspiró y les pidió que se sentaran.

—¿Qué pasa? —preguntó ahora Pedro.

—Lo que pasa es que estoy… un poco enferma —dijo Chepi, acercándose a su hija para abrazarla—. Su mamá siempre se impresiona mucho con las cosas y…

—¿Enferma? ¿Qué tienes, abue? —preguntó Emi.

—Bueno, pues…—dijo Chepi, alzando las cejas.

—Tiene cáncer —respondió la mamá.

Emi y Pedro se miraron sorprendidos. No importaba si la enfermedad era avanzada o si iniciaba, si existía la posibilidad de curarse o si era terminal, la sola mención de esa palabra parece ser siempre una sentencia de muerte. Los gemelos se quedaron mudos durante un momento.

—¡Ay, no! —exclamó de pronto Emi, con voz temblorosa.

—No, no —dijo Chepi, tratando de tranquilizarlos—. No se pongan así. El doctor dice que con una operación y un tratamiento es posible detener la enfermedad...

—Pero… —dijo Emi, mirando a su papá.

—Eso nos explicó el doctor —añadió el papá—. Hay que hacerle algunos exámenes más, operarla y luego ver cómo responde a las radiaciones.

—¡Ay, abue! —lloró Emi, quien se acercó a abrazarla.

—¡Eres como tu mamá! —le dijo, mientras le acariciaba la cabeza—. ¡De todo lloran!

Pedro también se acercó. Se sentó en el suelo y le dio la mano a Chepi y a su mamá. En ese momento, todos voltearon a ver a Julio, que seguía parado en la puerta. Sus vivos ojos miraban a su abuelita con una mezcla de ternura y tristeza que no cabían en ningún lado. No decía nada porque tenía una bola enorme en la garganta y no podía hablar. Sus ojos se llenaron de lágrimas que él secó antes de que resbalaran. Se dio la vuelta y se fue a su cuarto. Se acostó en la cama y hundió la cara en la almohada. No quería pensar en nada.

Unos minutos después, oyó que la puerta se abría y unos pasos se acercaban. Si era alguien que venía a hablar con él, no quería oír. De pronto sintió unas caricias en el pelo.

—Julio, mírame —dijo Chepi.

Julio se volteó y miró a su abuelita a los ojos. En ellos vio la alegría de siempre.

—No estés triste. Me voy a poner bien, ya verás.

Julio asintió con la cabeza.

—Le digo a tu mamá que no es el fin del mundo. Todos tenemos que seguir, también yo.

Julio la miraba sin decir nada. Chepi tomó su mano y le sonrió.

—Tú y yo todavía vamos a hacer muchas cosas juntos, yo lo sé.

Julio asintió otra vez.

—Por cierto, traigo un recado de Jim. Dice que te debe una visita a su finca y quiere que vayas este fin de semana. Tiene una milpa muy pequeña, pero los elotes ya están sazones, van a asarlos el sábado y nos invitó. A ti y a mí. Si quieres, puedes llevar a Pato.

Chepi le guiñó un ojo, como siempre. Julio sonrió y se sentó en la cama para abrazarla.

—Vente a comer, tu papá pidió unas pizzas y ya llegaron.

Durante la comida todos estaban algo incómodos. No sabían cómo reaccionar ante la noticia y no sabían qué decir. Estar contentos les parecía fuera de lugar y poner cara de tristeza les parecía peor. Lo bueno era que la abuelita parecía estar como siempre y eso hizo que poco a poco todos se relajaran. En la tarde, los papás de Julio fueron a dejar a Chepi a Tepoztlán. Julio y Pedro los vieron alejarse asomados por la ventana de su cuarto.

—La vida cambia en un solo día, ¿verdad? —dijo Pedro suspirando.

Esa noche, Julio durmió inquieto. Al despertar pensó que lo de su abuelita había sido un mal sueño, pero pronto recordó que era real. Los tres hermanos desayunaron en silencio y se alistaron, pues a las 7:15 los recogía el camión. Al subir, Julio se dejó caer en el asiento junto a Pato.

—¿Qué hongo, champi? —lo saludó Pato extendiendo su puño cerrado, sin notar nada raro en su amigo.

Julio no ocultaba para nada su tristeza y lo saludó con desgano. Pato lo miró extrañado.

—¿Y ahora, qué te pasó con la piedra? —preguntó.

—No es la piedra. Mi abuelita está enferma.

—¿Chepi? —exclamó Pato—. ¿Qué tiene?

—Cáncer.

Pato abrió la boca asombrado pero no dijo nada. Después se quedó muy quieto y pensativo.

—Qué mala pata, Julio —dijo, poco antes de llegar a la escuela.

Julio asintió con la cabeza.

—Y...¿se va a curar?

—No sé —contestó Julio.

El resto del día, Pato y Julio casi no hablaron. Julio estaba muy triste y Pato comprendía a su amigo, además de sentirse triste él mismo.

Esa tarde, Julio se acostó en su cama después de comer. Pedro estaba en la suya, leyendo un libro. De pronto, Julio quiso hablar con Moldavita sin interrupciones. Buscó un lugar en su casa donde pudiera estar solo y al final, decidió subir a la azotea. Se sentó junto al tinaco y apoyó la espalda en él.

—Sé lo que te pasa, Julio —dijo de repente la piedra.

—Yo creo que no sabes. Ustedes no se enferman ni se mueren.

—No tenemos enfermedades como en la Tierra, pero nuestra energía también puede fallar. Además, tú sabes que también tenemos un ciclo de vida.

—¡Gran cosa! —exclamó Julio enojado—. Con eso de que no tienen sentimientos, seguro ni les importa.

—Percibo enojo y tristeza en ti.

—¿Y qué querías? ¡Los humanos somos inferiores!

—No son inferiores ni superiores, son lo que son. La enfermedad y la muerte son parte de su ciclo de vida. Pero creo que vas muy rápido, no sabes qué va a pasar con tu abuelita.

Julio se puso de pie bruscamente. Metió las manos en los bolsillos y se quedó mirando al suelo. Durante unos momentos, ni él ni Moldavita hablaron.

—Quisiera que Chepi no estuviera enferma —dijo Julio—. Shulemi dice que ustedes son piedras que curan, ¿puedes curarla?

—No.

Julio se sentó otra vez en el suelo y acercó la piedra a su cara.

—¿Por qué? Tú dijiste que si podías ayudarme en algo, lo harías.

—Pero no puedo.

—¿Por qué?

—Porque no puedo.

—¡No me digas eso! —dijo Julio enojado—. ¡Ayúdame!

—¡Julio! —dijo Moldavita y algo en el tono de su voz profunda hizo que Julio se calmara—. *No puedo ayudarte.* Si tuviera toda mi energía, podría percibir cada célula del cuerpo de otro ser vivo y reconocer sus enfermedades. Pero en tu planeta sólo tengo una percepción general de los demás seres. Y aun si pudiera hacerlo…

—Dijiste que también ustedes tenían fallas en su energía —interrumpió Julio—. ¿Cómo las componían?

—Con nuestra misma energía.

—¡Ay, ya chole con la energía! ¿Dónde *exactamente* está la mía? ¿Y la de Chepi?

—Julio, *eres* energía. Cada célula de tu cuerpo lo es, también lo que piensas y lo que sientes.

Julio miró a la piedra con una mezcla de impotencia, enojo y desesperación. La apretó con fuerza en la palma de su mano y cerró los ojos. El enojo y la tristeza nublaban su pensamiento y, sin darse cuenta siquiera, murmuró con una voz apenas audible *"Quisiera usar la energía como tú, quisiera tu energía"*. Estaba tan absorto en su tristeza que apenas se dio cuenta de la extraña sensación que recorría su cuerpo, como diminutos cubos de hielo que se desparramaban por todo su torrente sanguíneo. Sin darle importancia, estuvo un rato sentado, con la mente vacía. Luego se puso de pie y se acercó a la malla de alambre que protegía la orilla de la azotea y se asomó a la calle. Metió los dedos entre la malla para acercar su cara y entonces percibió, como nunca lo había hecho, la textura dura y fría del metal. Miró hacia la calle y de pronto sintió como si el mundo entero entrara de golpe por sus sentidos. No era que tuviera una visión telescópica o un súper oído, simplemente, percibía todo con gran intensidad. Los colores y las formas eran más nítidos y brillantes. Escuchaba los sonidos de la ciudad no como un barullo constante sino cada uno por separado, los motores y el paso de los coches, el trino de los pájaros, las voces de la gente que caminaba por la calle. El olor de los panes de la panadería de la esquina entraba por su nariz como si estuviera dentro de la tahona misma.

Julio no sabía muy bien qué le pasaba, aunque se imaginaba que se debía a la energía de Moldavita. Quiso ir a la cocina a comer algo. Al caminar pudo percibir el movimiento de cada uno de sus huesos y músculos. Se detuvo un momento en la escalera, moviendo un pie, maravillado al percibir cada pequeño hueso y ligamento. Llegó a la cocina y lo primero que vio fue un chocolate. Lo mordió y no pudo evitar cerrar los ojos para saborearlo. El dulce se derretía en su lengua y cada papila recibía los sabores del cacao, la leche y el azúcar de una forma tan intensa que Julio pensó que nunca había probado algo tan rico. Emocionado con la idea de comerse el mundo, salió a la calle y se encaminó al parque.

Julio no podía creer que las cosas de verdad fueran como él las percibía ahora. Al llegar al parque, eligió una banca y ahí se sentó a beberse el mundo. Las risas de los niños, los perros ladrando, los colores de los globos, el olor del pasto, el aleteo de las palomas, todo parecía entrar por sus sentidos con la fuerza de un tornado. Después, cerró los ojos. Se concentró en su propio cuerpo. Se sorprendió al notar que sus oídos ya no escuchaban el ruido de afuera. Ahora sólo oía muy de cerca los latidos de su corazón, el suave ritmo de sus arterias y venas al circular la sangre dentro de él, su estómago haciendo la digestión, sus pulmones al llenarse de aire. De pronto, notó que tenía a Moldavita apretada en su mano derecha con tal fuerza que los bordes picudos de la piedra se habían marcado en su piel. Se puso de pie para regresar y entonces sintió que todo daba vueltas, estaba muy mareado. Se sentó y respiró profundamente durante unos minutos. No se sentía nada bien, pero sabía que lo mejor era ir a su casa. El parque estaba a dos cuadras, así que caminó despacio, cerca de las paredes. Cada vez se sentía más débil. Por suerte, al llegar a su casa, vio a Pedro abriendo la puerta. Había salido a comprar algo y estaba regresando.

—¡Pedro! ¡Espérame! —gritó Julio mientras intentaba correr hacia su hermano. Pero fue demasiado esfuerzo. Dio dos pasos y cayó redondo al suelo. Pedro fue hacia él, lo cargó y lo metió a la casa.

—¡Emi! ¡Emi! —gritaba— ¡Ayúdame, se desmayó Julio!

Mientras Pedro acostaba a Julio en su cama, Emi salía corriendo de su cuarto.

—¿Qué tiene? —preguntó asustada—. ¿Llamo al doctor?

Pedro observaba de cerca a Julio. Estaba palidísimo y un sudor frío le resbalaba por la frente.

—No —dijo Pedro—. Pásame un algodón con alcohol.

Emi llegó en un minuto con el algodón. Pedro lo acercó a la nariz de Julio y luego se lo pasó por los pómulos y la frente. Como despertando de un sueño muy profundo, Julio abrió los ojos con mucho trabajo.

—¿Llamo al doctor? —insistía Emi angustiada.

Pedro miraba a Julio con susto. Julio negó con la cabeza al tiempo que movía los ojos hacia su mano. Pedro vio que ahí estaba Moldavita y comprendió que lo que le pasaba a su hermano tenía que ver con la piedra.

—¿Qué hacemos, Pedro? —preguntó Emi.

—Nada —contestó Pedro mirando muy serio a Julio—. Vamos a esperar tantito, creo que se le está pasando.

Pedro y Emi salieron del cuarto dejándolo solo. Cinco minutos después, Pedro regresó con un vaso de refresco y se sentó al lado de Julio.

—Okey. Dime qué hiciste —dijo Pedro en tono severo.

—Es… largo de explicar —contestó Julio mientras le daba un sorbo al refresco.

—Pues trata porque nos diste un susto.

—Es que… intenté usar mi energía como Moldavita.

Pedro se puso de pie enojado. Lo miraba y meneaba la cabeza.

—Julio, estás yendo muy lejos con la piedra. No sabemos bien qué hay en ella, estás jugando con algo que no conoces.

—No… no hace daño —dijo Julio.

—¡No lo sabes! —repuso Pedro y se sentó junto a él otra vez—. No sé qué hiciste, pero prométeme que no vas a hacer más tonterías.

Julio pensó que lo mejor era decir que sí a todo, así que asintió con la cabeza. Pedro salió del cuarto y cerró la puerta.

—¿Moldavita? —dijo Julio en cuanto estuvo solo.

—Julio —contestó la piedra con una voz que parecía venir desde el fondo del mar—. Yo también estoy muy débil. No puedo hablar ahora.

Julio se quedó en su cama y empezó a sentir un sueño tremendo. A pesar de que no eran ni las seis de la tarde, se tapó con sus cobijas y se quedó dormido. En la noche, sus papás entraron en su cuarto. Sintió que su mamá se sentaba a su lado y le acariciaba el pelo, también oyó una voz, pero sus párpados pesaban una tonelada y no los podía abrir.

—Julio está muy triste por lo de Chepi —dijo su mamá—. La quiere mucho.

—Sí. Lo tiene que tomar con calma —agregó el papá.

—Bueno, pero Chepi se va a poner bien ¿no? —intervino Pedro.

—Eso esperamos —suspiró la mamá.

Al día siguiente, Julio se despertó sobresaltado. Era muy tarde, había mucha luz en su cuarto. La cama de Pedro ya estaba hecha y no se oía ningún ruido en la casa. Vio el reloj: eran las 9:30. Saltó de su cama y al hacerlo sintió que el cuarto daba una vuelta completa. Se volvió a sentar un momento y luego se puso de pie más despacio. En la cocina estaba su mamá ya lista para irse a sus clases.

—¡Julio! —exclamó sonriente.

—¡Mamá! ¿Por qué no me despertaron? —reclamó Julio.

—¡Porque no pudimos! —contestó su mamá—. Pedro te estuvo hablando y hasta te movió el hombro y tú sólo hacías ruidos raros. Le dije que mejor te dejara dormir.

—¡Pero hoy tenía entrenamiento! —se quejó Julio.

—¡Ay! Por un día que faltes no va a pasar nada, ¿o sí? ¿cómo te sientes?

—Mejor.

—¡Qué bueno! Báñate, desayuna y descansa. Yo llego en dos horas y platicamos, ¿sí? —dijo su mamá dándole un beso de despedida.

Cuando se quedó solo, Julio se dio cuenta de que tenía el hambre del lobo feroz. Se hizo un desayuno de náufrago recién salvado. Al terminar, se sentía de verdad mejor. Se fue a bañar y mientras lo hacía, notó unas manchas en las yemas de los dedos de su mano derecha, parecían de tinta, pero muy tenues. Las observó con cuidado, no recordaba haber usado tinta el día anterior. Se restregó los dedos con fuerza, pero las manchas no salían. Una vez vestido se acordó de Moldavita, estaba entre las cobijas, se había dormido con ella en su mano.

—¿Moldavita? —dijo Julio.

—Ponme junto a la ventana —contestó la piedra con una voz que apenas se oía.

Julio la puso en los rayos del sol.

—Estoy muy débil —dijo Moldavita.

—¿Por qué nos pasó eso?

—Fue un intercambio de energía demasiado intenso.

—Al principio estuvo padrísimo. Pero luego me sentí muy mal, no podía ni caminar. Todavía me siento cansado.

—Mi energía está muy baja y casi no percibo la tuya.

—Te voy a dejar en el sol y yo, me voy a dormir.

—Está bien —convino Moldavita.

—Oye —dijo Julio—, quería preguntarte algo... tengo unas manchas azules en mis dedos y Shulemi tenía unas parecidas... ¿qué son?

—Ahora no sé... dame tiempo.

Julio dejó a Moldavita en el sol y él se acostó en su cama. Y se durmió.

Julio se sintió muy desganado todo el miércoles. Durmió toda la mañana y también toda la tarde. Pato le habló por teléfono dos veces y las dos estuvo dormido. El jueves en la mañana ya se sentía bien y fue a la escuela. En cuanto entró al salón y se sentó en su banca, notó que algo en él había cambiado. No sentía lo mismo que aquella tarde en el parque, pero estaba seguro de que toda su percepción era más aguda ahora, como si sus sentidos hubieran despertado. Mientras pensaba en esto, una mosca se posó en su brazo. Julio pudo sentir por separado las seis patas del insecto. Después, se fijó en las yemas de sus dedos. Seguían pintadas de un azul que ahora parecía más bien un lila fuerte.

A la hora del recreo le contó a Pato todo lo que le había pasado desde la tarde del martes y también lo que había dicho Pedro. Sin embargo, no le contó lo que había descubierto esa mañana: que el cambio quizás había sido permanente.

—Yo estoy de acuerdo con Pedro —dijo Pato—. No andes jugando con eso. Me da mala espina.

Esa misma tarde, Julio subió otra vez a la azotea con la piedra. La sostenía en su mano con delicadeza.

—¿Moldavita? —dijo.

—¿Sí? —contestó con una voz que se oía cada vez más débil.

—Todavía no recuperas tu energía y ya pasaron dos días.

—Así es, no la voy a recuperar.

—¡¿Qué?! —exclamó Julio sorprendido—. ¿Por qué?

—Nuestro último intercambio de energía fue muy intenso.

—¿Y qué?

—Fue demasiado fuerte. Tú pensaste que querías mi energía, de verdad lo deseaste y …pasó. Supongo que tu percepción ha cambiado ¿verdad?

—Sí… pero ¿a ti qué te pasó?

—Se produjo una fuga vital en mí. Mi núcleo dejó escapar mucha energía. La luz de nuestro sol es azul, nuestra energía es de ese color, por eso tus dedos se mancharon así.

—¿Y eso?

—Seguramente pasó lo mismo con la piedra de Shulemi, debe tener una fuga vital igual que la mía, por eso sus dedos también están manchados.

Julio se quedó pensativo un momento.

—Desde ese día percibo todo muy intensamente —dijo de pronto, con aire distraído—. ¿Y tú, tienes algo de mí?

—Sí. Tengo un reflejo de tus sentimientos.

Julio abrió los ojos asombrado. No sabía qué decir.

—Así es. Siento tu tristeza por lo de tu abuelita y ahora mismo estoy sintiendo tu sorpresa. No tengo sentimientos míos, pero puedo sentir los tuyos.

—Pero, ¿qué va a pasar contigo?

—Sin la energía de mi sol no es posible que repare mi falla. Estoy perdiendo fuerza poco a poco, como si se fuera por un agujero. Con el tiempo me voy a ir desintegrando.

—¡No! —gritó Julio—. ¿Cuándo?

—Puede ser que tome algunas semanas, o meses, no sé.

Julio sintió que una oleada de tristeza le oprimía el pecho. Le había tomado cariño al ser que había en esa piedra. Sentía que el corazón se le apachurraba doblemente al pensar en Chepi y en Moldavita. Dejó a la piedra en el suelo junto a él. Sentía que la tristeza crecía dentro de su pecho, pero no se atrevía llorar.

—Julio... —dijo Moldavita— siento tu tristeza, sé que es muy grande.

Julio apoyó su cabeza en sus rodillas y lloró. Se sentía demasiado triste. Las lágrimas le resbalaban y sollozaba sin control. Poco a poco se fue calmando.

Las lágrimas pararon y los sollozos se convirtieron en suspiros.

—Moldavita —dijo al fin— perdóname. Fue mi culpa. Nunca pensé que te pasaría eso.

—No fue tu culpa, Julio. Simplemente, pasó. Cada ser en el cosmos tiene un destino y éste era el mío.

—Me desespera mucho que no puedo ayudarlos, ni a ti ni a Chepi.

—Julio, no te desesperes. Todavía no sabes qué pasará con tu abuelita.

—Sí... es cierto —convino Julio—, pero de todas formas pienso que las enfermedades no deberían existir.

—La enfermedad es parte de la vida humana. Y también la muerte.

—Yo pensé que si tú y yo uníamos nuestra energía, podríamos... hacer algo.

—Julio, la energía está y estará siempre en ti. Y además, piensa que Chepi *también* tiene su propia energía.

Julio ya no dijo nada. Suspiró profundamente, tomó a Moldavita y la llevó otra vez a la ventana de su cuarto.

—El sábado vamos a ir a Tepoztlán, a lo mejor te hace bien —le dijo.

—Sí, a lo mejor —contestó la piedra.

El sábado en la mañana, los papás de Julio los

llevaban a él y a Pato a Tepoztlán. Los últimos días habían sido como una montaña rusa pero, como decía su papá "después de la tempestad, viene la calma". Este fin de semana iba a casa de Chepi con su mejor amigo y también iba a conocer la finca de Jim. En su cielo azul, no se veía ninguna nube.

Chepi los recibió con el mismo entusiasmo de siempre. Les había preparado la recámara donde la última vez durmieron Emi y Gaby. Había sacado una alberca de plástico y les había comprado cuatro bolsas de congeladas, cuando eran chicos eso les encantaba. En cuanto los papás se fueron, Julio y Pato inflaron la alberca, entre los dos acarrearon varias cubetas de agua caliente y después la acabaron de llenar con agua fría de la manguera. Luego se metieron y en menos de media hora ya se habían acabado dos bolsas de congeladas. Estuvieron en la alberca casi dos horas, al final ellos estaban arrugados como pasas y el agua se había enfriado, pero el sol caía a plomo y el agua fría se sentía riquísima.

A las dos en punto, Chepi les dijo que se vistieran. Poco tiempo después llegó Jim con otra gran canasta de mangos de Manila. En cuanto Chepi le abrió la puerta, entró cantando con vozarrón y ademanes de oso:

—*I saw three sheeps on new year's day, on new year's day, on new year's day, I saw three sheeps on new year's day in the morning.*

Jim llevó la canasta a la cocina. Chepi le echó un ojo a los mangos.

—¡Jim! Son muy buenos estos mangos, pero ya regalé veinte frascos de mermelada que hice con los otros, ¿qué voy a hacer con éstos? —exclamó Chepi.

—Son los mejores mangos del mundo —replicó Jim haciéndose el importante—. Imposible que no se los traiga, madam.

—¡Bueno! Pato, tú le vas a llevar cinco frascos a tu mamá —dijo Chepi.

—En mi casa no comen mermelada, ni nada que tenga más de tres cucharadas de azúcar —comentó Pato sonriendo.

—¿No? —dijo Jim chasqueando la boca—. No me digas ¿En tu casa no hay hot-cakes, helados, pasteles, panqués, ni plátanos con crema?

—No saben ni lo que es eso.

Chepi dispuso la comida en la mesa y los cuatro se sentaron. Jim era muy chistoso, les contaba una aventura tras otra y los tenía ahogados de risa. De postre, Chepi había hecho pastel de chocolate, el favorito de Julio.

Eran las tres y media cuando Jim se acomodó el sombrero. Con todo lo que habían comido, nadie pensaría en elotes, pero Julio y Pato ya querían llegar a la elotada.

—Bueno, navegantes, ¿listos para zarpar? —dijo Jim.

—¿Tienes limones para los elotes? —le preguntó Pato.

Jim cerró los ojos y acercó su cara a la de Pato.

—Pero ¿qué clase de pregunta es esa? —dijo, haciéndose el enojado—. Tengo varios limoneros cargados con los mejores limones de todo el valle. Son tan ácidos que harían un hoyo en el fondo de un barco. Julio y Pato se rieron. De pronto se acercó Chepi.

—Será mejor que vayan ustedes —dijo.

—Imposible partir sin el contramaestre —replicó Jim, frunciendo las cejas.

—Capitán —dijo la abuelita frunciendo también las cejas—. No me cabe un grano de elote. Quiero descansar, así que cuide muy bien a los grumetes.

Julio observaba la escena. Jim y Chepi cruzaron una mirada. Sabía que tras esa máscara de broma, Chepi se sentía en verdad cansada y Jim se sentía triste porque ella no iba a ir. Jim dio un rápido suspiro y le besó la frente.

—Vamos, vamos, navegantes —les dijo mientras caminaba hacia la puerta.

Julio le dio un abrazo a Chepi y Pato, un beso.

—Se cuidan —dijo ella—. Y no le crean ni la mitad de lo que dice, luego inventa cada cosa...

Los tres se subieron a la camioneta. Al principio iban muy callados. Jim se veía pensativo, Julio sabía que pensaba en Chepi. Sin embargo, a los pocos minutos, comenzó de nuevo a contar historias hasta que llegaron a su finca, que se llamaba "Los Tecolotes". En cuanto se bajaron de la camioneta, los llevó a un pequeño establo de donde sacó dos burros para que ellos se subieran. Mientras recorrían la enorme huerta de mangos, Jim caminó a su lado. La altura de los árboles y sus hojas grandes de color verde oscuro formaban un follaje muy tupido donde se distinguían aquí y allá las frutas, la mayoría verdes apenas empezando a amarillear.

—El mango debe cortarse cuando está todavía verde —explicaba Jim— y dejarlo que madure. Pero hay que saber el punto, si está demasiado verde, no madura bien y no se pone dulce.

Durante el recorrido por la finca, Jim les explicaba el nombre de cada planta y se divertía enseñándoles las más perfectas y enormes telarañas que habían visto en su vida. Pato estaba horrorizado. De pronto, todos olieron el aroma dulce y tostado de los elotes asados. Caminaron hacia el lugar donde Melquíades, el capataz de la finca, y su esposa Chole estaban asando los elotes. Al llegar Jim y los niños los saludaron con gusto.

Pato y Julio se prepararon dos elotes bien bañados con limón y chile piquín y se los comieron como si no hubieran comido nada en dos días. Jim y sus trabajadores platicaban las noticias de la finca y de los ranchos cercanos.

—¿Vio el pedacito de sol la otra semana? —le preguntó de repente Chole a Jim.

—Sí, cómo no —contestó Jim.

—Estuvo un rato encima del Cematzin y luego lo vi cerca del Chalchi.

—Yo lo vi sobre el Chalchi —repuso Jim—. Luego ya no lo vi.

—¿Qué es un pedacito de sol? —preguntó Pato mientras mordisqueaba su segundo elote.

—Son luces que se ven encima de los cerros —contestó Melquíades.

—Son anaranjadas como el sol—añadió Chole—. Por eso les decimos así.

Pato siguió royendo su elote, pero Julio dejó de masticar y miró a Jim, quien también lo estaba viendo. Julio estuvo a punto de decir algo, pero Jim le guiñó un ojo y se quedó serio. Julio comprendió que era mejor hablar después y terminó su elote en silencio.

—Qué raras luces —dijo Pato —. ¿Qué serán?

—Dicen que son los cerros que platican —explicó Chole.

—Aquí en el valle, siempre se han visto —añadió Melquíades.

—Uy, sí. Yo las veo desde que era niña y mi abuela dice que ella también las veía —dijo Chole.

Después de la elotada, los trabajadores se despidieron de Jim y de los niños y se fueron. Jim, Julio y Pato llevaron los burros al establo, se subieron a la camioneta y emprendieron el regreso. Jim iba canturreando una canción. Julio lo miraba casi sin parpadear, esperando que dijera algo.

—Chepi y yo vimos un pedacito de sol una vez —dijo de pronto Jim.

—¿Y qué son? —preguntó Julio con los ojos redondos.

—Son ovnis, claro —contestó Jim muy serio.

—¡¿Ovnis?! —preguntó Pato asustado.

—Ovnis —repitió Jim.

Durante unos minutos nadie habló. Julio sentía que los latidos de su corazón le retumbaban en la cabeza. De repente, Jim estacionó la camioneta a la orilla del camino y se bajó. Ellos lo siguieron. Desde donde estaban se dominaba toda la serranía.

—Por aquí veníamos Chepi y yo una tarde y allá, en el Chalchitépetl… —dijo, señalando al Chalchi— vimos una luz anaranjada muy intensa. Nos bajamos de la camioneta y la observamos como diez minutos.

—¿Y qué dijo mi abue? —preguntó Julio.

—Al principio le dio curiosidad, pero luego le dio un poco de miedo y se subió a la camioneta —dijo Jim sonriendo.

—Y esos... —dijo Pato un poco asustado—. ¿Se llevan gente?

Jim lo miró casi cerrando los ojos y haciendo una de sus caras.

—No se han llevado a nadie, pero tú puedes ser el primero.

Pato brincó a la camioneta rápido. Jim soltó una carcajada y también se subió. Julio seguía mirando en dirección al cerro y pensaba en Moldavita. Esa mañana, en cuanto llegaron a casa de Chepi, la puso en el sol y se había olvidado de ella. Finalmente se subió a la camioneta. Estaba muy callado y pensativo. Jim arrancó y el resto del camino, nadie dijo nada.

—¿Alguna vez has visto uno, Julio? —preguntó Jim cuando ya estaban llegando a Tepoztlán.

Julio lo miró a los ojos y negó con la cabeza.

—Pero, tienes curiosidad, ¿verdad?

—Sí —contestó Julio.

En cuanto entraron al pueblo, Jim tomó un camino distinto al de la casa de Chepi.

—¿A dónde vamos? —quiso saber Julio.

—A ver a un amigo mío. Si alguien sabe lo que son estas luces, es él—dijo Jim.

Jim se metió por una calle estrecha y empinada y se estacionó frente a una casa de reja negra. Tres personas se acercaban en ese momento a la puerta. Una mujer que traía un portafolios, un hombre que cargaba una pesada cámara y unos reflectores y otro hombre alto y corpulento, que no debía tener más de cuarenta y cinco años, aunque su pelo era muy cano. Jim esperó a que los visitantes se despidieran y se alejaran. Entonces se bajó de la camioneta seguido de Pato y Julio. Al verlo, el hombre de pelo cano se acercó sonriente.

—¡Jim! —exclamó dándole la mano con fuerza— ¡Qué milagro! ¿Qué andas haciendo?

—Vengo de "Los Tecolotes" —dijo Jim poniendo las manos sobre los hombros de Julio—. Te presento a Julio, el nieto de Chepi y su amigo Pato.

—Mucho gusto, soy Alejandro González —dijo, dándoles un fuerte apretón de manos a cada uno—. ¿Qué les trae por aquí?

—Bueno, sabemos que siempre estás ocupado... —comenzó a decir Jim.

—Sí, sí. Me acaban de entrevistar ahorita y tengo otra entrevista en 15 minutos.

—Sólo queríamos platicar contigo un momento. Los muchachos acaban de saber de los *pedacitos de sol*...

Alejandro alzó sorprendido sus cejas pobladas y luego clavó en los chicos unos ojos de mirada penetrante.

—Quieren saber qué son —continúo Jim—. Y yo les dije que tú eres el experto.

—¡Gracias Jim! —exclamó sonriente Alejandro—. Vengan adentro, puedo enseñarles unas fotos.

Alejandro se metió a su casa y todos lo siguieron. Caminó por un pasillo hasta llegar a un cuarto. En él había muchos estantes en los que se acomodaban decenas de cassettes de video y también cámaras fotográficas y de video muy sofisticadas. Sin embargo, lo que atrajo a todos como un imán, fue una pared cubierta de corcho que estaba totalmente llena de fotos de objetos anaranjados y luminosos, tomados desde diferentes ángulos y distancias.

—No suelo enseñar estas fotos a dos recién llegados —dijo Alejandro viendo a los niños con expresión seria—. Pero Jim es un buen amigo mío.

Jim sonrió asintiendo. Pato miraba las fotos boquiabierto mientras que Julio percibía cómo se aceleraba su pulso. Las fotos eran nítidas, en ellas no se veían luces anaranjadas, sino unos objetos tan perfectamente formados que no parecían cosas sino... seres.

—¿Hace mucho que los ve? —preguntó Julio sin quitarles la vista.

—Hace 20 años que tengo avistamientos aquí —dijo Alejandro—. Pero la gente del valle los ve hace siglos. Hay pinturas rupestres en la zona donde están dibujados.

—¿Usted... ha grabado todos estos videos? —interrogó Pato, señalándolos.

—Sí.

—O sea que los ha visto como mil veces.

—No tantas.

—¿Son malos? —preguntó con cara de susto.

—Para nada. Son totalmente inofensivos.

Julio no decía nada, pero observaba cada una de las fotos sin pestañear.

—Quizá nos puedas decir por qué vienen tanto a Tepoztlán —comentó Jim.

—Bueno... Tepoztlán es un punto energético —explicó Alejandro—. En la Tierra existen sitios que concentran la energía. La mayoría de las culturas antiguas, como los mayas, los incas, los egipcios, se asentaron en esos sitios. Ellos sabían reconocer por dónde fluía la energía.

Cuando Julio oyó esto despegó sus ojos de las fotos y miró a Alejandro. Jim notó que Julio estaba pálido.

—¿De dónde sale esa energía? —interrogó Pato

—Está en todo el universo... —contestó Alejandro.

—Y forma cinturones de energía por donde estos seres viajan —añadió Julio de pronto.

—Sí, sí —afirmó Alejandro—. ¿Ya lo habías oído?

Julio asintió. Pato lo miró y recordó la plática que habían tenido con Moldavita. Julio y él cruzaron una mirada.

—En la foto se distinguen mucho mejor —intervino Jim—. Cuando uno los ve, brillan tanto que no se aprecian con claridad.

—Claro, el lente capta formas que el ojo humano no distingue —dijo Alejandro.

—No parecen de metal —comentó Pato.

—Es que no *son* de metal... —dijo Alejandro.

—Son organismos —dijo Julio sin poder evitarlo—. Son naves madre que acumulan energía y transportan a otros seres.

Jim y Alejandro lo miraron con curiosidad. Pato lo miraba asustado y negaba con la cabeza muy quedito para que nadie se diera cuenta.

—Oye, tú sabes algo —le dijo Alejandro entrecerrando los ojos y juntando mucho sus cejas tupidas. Julio sostuvo su mirada. Luego, Alejandro se dio la vuelta y abrió un fólder que había sobre su escritorio.

—Aquí tengo una foto —dijo—. La tomé hace como un año, pero poca gente la ha visto. En efecto, esas naves son organismos. Y dentro de ellas, vienen otros seres.

Jim y los niños se acercaron a él. Julio tragó saliva, su boca estaba seca. Alejandro les mostró la foto. En ella se veía el mismo ser radiante, anaranjado pálido, casi amarillo, del cual salían diminutas bolas de luz, como esferas brillantísimas. Al ver la foto, Jim alzó las cejas.

—¡Guau! —exclamó Pato.

Julio no dijo nada porque no podía hablar. Jim y Pato no quitaban los ojos de la foto, pero él sentía la mirada de Alejandro fija en él. En ese momento, Julio tuvo la absoluta certeza de que Moldavita era uno de esos seres.

—¿Usted sabe... —dijo tímidamente— cada cuando vienen?

—Para visitarnos tienen que aprovechar las fuerzas de atracción entre la luna, el sol y la Tierra. Casi siempre vienen de uno a seis días antes o después de la luna llena.

—¿Usted... ha hablado con ellos? —preguntó Pato con los ojos como platos.

—Sí, algunas veces.

Pato miró nervioso a Julio.

—¿A qué vienen? —interrogó Julio.

—Nos observan desde siempre. Esa es su actividad principal, viajar por el universo, observar y aprender de todo lo que ven.

—¿Y cuando hablan, qué le dicen? —continuó Julio.

Alejandro no respondió inmediatamente. Miró a Julio, luego a Jim y otra vez a Julio. Se veía un tanto incómodo. Parecía desconcertado ante las preguntas de dos niños desconocidos que venían a verlo sólo "por curiosidad".

—Ellos... tienen un mensaje —dijo muy serio, sosteniendo la mirada insistente de Julio.

—¿Cuál?

En ese momento tocaron el timbre. Jim puso la mano en el hombro de Julio.

—Alejandro espera a alguien —dijo tranquilamente—. Tenemos que irnos.

Julio suspiró y se acercó a ver las fotos otra vez, mientras Jim y Pato se despedían de Alejandro.

—Te espero en la camioneta, Julio —dijo Jim mientras se adelantaba con Pato.

Julio no contestó. Veía las fotos por última vez y sentía algo enredado en la boca del estómago. Al dar la media vuelta para irse, vio a Alejandro parado a unos centímetros de él. En su mano tenía la foto que había impresionado a todos, la de la nave y las esferas de luz.

—Llévatela—dijo Alejandro amablemente—. Vi tu cara cuando viste esta foto.

—¿Sabe cuándo vendrán otra vez? —preguntó Julio, mientras tocaba la foto con respeto.

Alejandro caminó hacia el pasillo. Julio lo siguió.

—Los ancianos de Tepoztlán dicen que estas luces son los cerros que platican —dijo Alejandro mientras caminaba, ignorando la pregunta de Julio. Al llegar al jardín de su casa, lo miró y le preguntó—: ¿Sabes por qué dicen eso?

—No —contestó Julio.

—Porque cuando vienen, se les puede ver arriba de los cerros. De pronto están sobre el Chalchitépetl, desaparecen, aparecen sobre el cerro de la Luz, el Tlahuiltépetl, luego sobre el Tlacatépetl, el cerro del Hombre y también sobre el Cematzin, el cerro Cuate, ese de allá —y al nombrar a cada cerro, lo señalaba para que Julio lo viera.

—¡Vámonos, Julio! —gritó Jim desde la camioneta.

—Espero verte otro día —dijo Alejandro, dándole la mano a Julio—. Y buena suerte.

—Adiós —dijo Julio.

Julio se subió a la camioneta sin quitar los ojos de la foto.

—¿A poco te la dio? —preguntó Pato sorprendido.

—Sí —dijo Julio sonriendo.

Los dos miraban la foto y se les caía la baba. Ni se habían dado cuenta de que Jim no había encendido el motor y los estaba viendo.

—Ustedes se traen algo o yo no soy una culebra de 70 años —dijo de pronto.

Pato y Julio cruzaron una mirada. Julio estaba seguro de que Jim le creería si le contaba la historia de Moldavita, pero en ese momento no quería hablar de eso. Jim los miró unos segundos más y chasqueó la boca.

—¡Bueno! Si no me van a contar, mejor nos vamos, ya es algo tarde.

En el camino, Julio abrió la ventana y sacó la cara para que le diera el aire. Quería distraerse viendo hacia afuera. De pronto miró otra vez a la foto. Y se le ocurrió voltearla. En ese momento, sintió que el flujo de su sangre se paralizaba: tenía algo escrito atrás.

Cerro de la Luz, 14 de abril, 01. hrs. 05 minutos. AG.

Miedo

Julio apretó la foto contra su panza y no dijo nada. Pronto llegaron a casa de Chepi. Ella estaba en la calle, regando una jacaranda que había sembrado en la banqueta y al verlos sonrió. Jim apagó el motor y los miró serio.

—Es mejor que no le cuenten a Chepi de los pedacitos de sol. No le gusta hablar de eso —dijo.

Los tres se bajaron del coche muy callados.

—¿Cómo les fue? —preguntó Chepi—. Traen cara de que les cayó mal el elote, ¿ya ven? Por tragones.

Julio y Pato se despidieron de Jim y corrieron hasta llegar a su cuarto, donde se encerraron.

—¿Viste esas fotos? —dijo Julio casi gritando.

—¡Sí! Oye... ¿tú crees que...?

—¿Qué?

—Que Moldavita es uno de esos?

—¡Estoy seguro! ¡Claro que sí! —dijo Julio casi brincando— ¡Tengo que decirle! ¡Tengo que enseñarle esta foto!

—¿Dónde está?

—¡En el jardín! En la mañana la dejé en el sol.

Julio abrió la puerta del cuarto para ir al jardín, pero apenas lo hizo cuando se topó con Chepi.

—¿Qué les pasa? —dijo extrañada— Los veo muy alocados.

—Eh... vamos al jardín a buscar algo —contestó Julio.

—No estén mucho afuera —aconsejó Chepi—. Es la hora de los moscos.

Julio y Pato corrieron hasta el lugar donde Julio juraba que había dejado la piedra, pero ahí no había nada.

—¡Qué raro! —dijo Julio—. Estoy seguro de que la dejé aquí.

Los dos buscaron inútilmente en el pasto y abajo de las plantas. Moldavita no estaba.

—Ya está muy oscuro —observó Pato—. Mejor mañana la seguimos buscando.

Julio refunfuñó enojado, pero reconoció que ya no se veía nada. Se bañó y cenó pero estuvo todo el tiempo muy callado. Esa noche, durmió muy mal. Se movía como un remolino en su cama y se despertó muchas veces. La última vez que despertó vio que ya estaba amaneciendo. Todavía no salía el sol, pero empezaba a clarear. Pato dormía a pierna suelta, pero Julio se sentía muy nervioso, así que se levantó y salió con cuidado al jardín para seguir buscando a Moldavita. Estaba en plena búsqueda cuando oyó la voz de Chepi a su lado.

—¿Qué buscas? —le preguntó.

Julio la miró sorprendido.

—Eh... una piedra. Es una piedra que me regaló Rodrigo, aquí la dejé ayer y ya no está —contestó Julio.

—¿No será esta? —dijo Chepi, poniendo a Moldavita en la palma de su mano.

—¡Sí! —exclamó Julio contento.

—Ayer salí a regar el jardín y la vi junto a la alberca. Pensé que era una piedra muy rara para estar en mi jardín, así que la levanté y me la guardé en el suéter.

Chepi puso la piedra en la mano de Julio. Al hacerlo, Julio notó que las manos de su abuelita estaban muy frías.

—¿Tienes mucho rato acá afuera? —le preguntó.

—No tanto —dijo ella—. Sólo salí a quitarle las hojas secas a mis malvones.

Chepi miró a Julio. Por primera vez, desde que él se acordaba, los ojos de su abuelita no lo miraban sonrientes. Parecían no tener el brillo de siempre.

—Bueno... no estaba quitando las hojas —admitió Chepi—. Ya no podía dormir y vine al jardín.

Chepi caminó hacia la Banca de los Secretos y se sentó. Julio la miró un momento y después se sentó junto a ella.

—La verdad es que estoy triste —dijo Chepi—. Y me siento muy sola. Ya sé que no estoy sola, tus papás siempre me apoyan y ustedes son muy lindos y también está Jim, pero... yo me siento muy sola ¿me entiendes?

Julio dijo que sí con la cabeza, aunque la verdad no entendía. Todos la querían mucho, ella nunca estaba sola. Chepi acarició el pelo de su nieto.

—Cuando murió tu abuelito me sentí muy sola, pero me dije "tengo que distraerme, tengo que ocuparme de algo y seguir con mi vida o me voy a deprimir y entonces sí" y lo hice, pero cuando uno está enfermo no es lo mismo. Ahora sí estoy sola. Yo sé que me van a acompañar, pero esta enfermedad es sólo mía, yo sola cargo con ella. Pase lo que pase, me va a pasar sólo a mí.

Julio no sabía qué decir. Nunca se imaginó ver a Chepi tan triste. En ese momento pensó que ella siempre había estado ahí y él siempre había contado con su fuerza y su alegría. Chepi, que tantas veces lo había cuidado y cantado canciones, con quien tantos juegos y secretos había compartido. Y también lo había acompañado en ratos desagradables, como el día que se cayó de la bicicleta y tuvieron que coserlo, ella estuvo a su lado dándole la mano. Julio no recordaba un solo día en que su abuelita hubiera estado triste o desanimada, o que no hubiera ayudado a alguien o alegrado la vida de todos.

—La verdad es que tengo miedo, Julio —dijo Chepi mirándolo a los ojos—. Tengo miedo del tratamiento, de sufrir, de que me duela, de que me ponga más mal y tenga que depender de los demás. Y también tengo miedo de morirme.

Chepi desvió la vista y apretó los labios. Después cerró los ojos y Julio vio que una lágrima le resbalaba por la mejilla. Julio quería decirle mil cosas para que se sintiera mejor, pero no encontraba las palabras. Cuando se dio cuenta, él también estaba llorando. Abrazó a su abuelita lo más fuerte que pudo.

—Pero mira nada más —dijo ella, abrazándolo también—. Soy una viejita atarantada. Cómo te digo estas cosas.

Los dos se quedaron abrazados un largo rato en el cual ninguno habló.

—¿Qué te parece si hacemos el desayuno? —dijo Chepi al fin.

Julio asintió limpiándose la cara y los dos se metieron a la casa. Chepi puso la cafetera y preparó chocolate caliente mientras Julio lavaba las naranjas y hacía el jugo. De repente, Pato apareció en la cocina con los pelos todos parados.

—¡Buenos días! —lo saludó Chepi.

Pato le sonrió y se sentó en una silla. Julio sirvió los jugos. Chepi puso chocolate caliente y pan dulce en la mesa. Después sacó tres trinchamangos y trinchó un mango para cada quien.

—Ni modo, hay que comernos los mangos —dijo resignada—. Son muy buenos, pero con verdad de Dios que no había comido tantos mangos en mi vida.

Durante el desayuno Chepi estuvo contenta, platicando con ellos de Jim y su finca. Sin embargo, Julio y Pato estaban impacientes. Julio le enseñó a Pato la piedra sin que su abuelita lo viera y los dos se miraron con cara de cómplices. Se comieron el mango en dos patadas y, para terminar más rápido el chocolate, Pato hundió en él una concha que absorbió todo el líquido. Luego, se la comió a cucharadas. Julio prefirió sopear un cocol, era casi igual de rápido. De pronto, vieron que Chepi los miraba con curiosidad.

—¡Qué maneras de comer son esas! —exclamó.

Los dos sonrieron con la boca llena de pan remojado.

—Parecen pulgas amarradas —dijo Chepi—. Váyanse ya y acuérdense de que van a venir por ustedes a las doce.

Julio y Pato se levantaron de un brinco y se lanzaron corriendo escaleras arriba. De pronto Julio regresó y le dio un rápido beso a Chepi. Ya en el cuarto, Pato y él se sentaron en una cama.

—¿Por qué dejaste a Moldavita ayer? —preguntó Pato—. Siempre la llevas contigo.

Julio lo miró serio. Pato no se sabía toda la historia.

—Es que... tengo algo que contarte —dijo Julio.

—¿Qué?

—¿Te acuerdas de lo que pasó el martes?

—¿Cuando te fuiste al parque y luego te desmayaste? Sí.

—Eso. Bueno... ese día tuvimos un intercambio de energía muy fuerte y Moldavita tuvo una fuga. Mira, me manchó los dedos con su energía —dijo Julio, mostrándole a Pato las yemas de los dedos de su mano derecha, que cada vez estaban más azules.

—¡Tu mano! —exclamó Pato— ¿Y Moldavita? ¿Ya no sirve, o qué?

—Me dijo que iba a ir perdiendo energía poco a poco, hasta desintegrarse.

—¿En serio? —preguntó Pato incrédulo.

—Sí —dijo Julio asintiendo con la cabeza—. Pero si esas naves que vienen aquí son de su especie, tal vez puedan ayudarle.

Pato abrió la boca y miró a Julio con una mezcla de sorpresa y susto.

—¿En qué estás pensando?

—No sé... —dijo Julio— vamos a hablar con ella, espero que tenga fuerza para hablar con los dos ¿Moldavita? ¿Estás oyéndonos?

—Los oigo —contestó la piedra—. Y creo que me he perdido de algo.

Pato y Julio sonrieron.

—Tu voz se oye mejor —comentó Julio.

—La energía de este lugar me ayudó.

—Moldavita, conocimos a alguien, se llama Alejandro. El ve ovnis por aquí. Jim nos llevó a su casa y tiene muchas fotos. Aquí tengo una conmigo, te voy a poner sobre ella para ver si puedes percibir algo.

Julio puso a Moldavita sobre la foto.

—¿Percibes algo? —preguntó Julio.

—No. Será mejor que la describas.

—Es un objeto redondo. No, ovalado. Bueno, es como una lenteja y parece algo vivo. Es amarillo fuerte, casi anaranjado y brilla muchísimo.

—¿Tiene unas manchas rojas alrededor? —quiso saber Moldavita.

—¡Sí! —exclamó Julio— En la foto se ven cinco manchas rojas.

—Es una nave madre.

—¿Estás seguro?

—La descripción corresponde exactamente y sería difícil que hubiera otro ser igual en el universo.

—Pero, ¿cómo se salvaron? —intervino Pato—. ¿No estalló el planeta?

—Nuestro sistema solar tenía dieciocho planetas, todos muy similares entre sí. En ese momento, había naves madre viajando por el universo y al regresar y ver que nuestro planeta se había destruido, es muy factible que se hayan alojado en otro planeta cercano. De cualquier forma, lo único que necesita mi especie para sobrevivir, es la luz de nuestro sol.

Julio miró a Pato sonriendo. Pato le devolvió una sonrisa tímida.

—Moldavita... ¿tú sabes cada cuándo vienen de visita? —interrogó Julio.

—Cuando yo vivía en mi planeta, por lo menos una nave visitaba la Tierra una vez al mes. La energía terrestre está en su punto más alto de uno a seis días antes y después de la luna llena.

—¡Eso fue lo que nos dijo Alejandro! —exclamó Pato sorprendido.

—¿Habías venido a la Tierra antes? —dijo Julio—. Quiero decir, antes de que tu planeta estallara.

—Sí, una vez.

—¿Y por qué no nos dijiste?

—No lo preguntaron.

—¿Conociste otros planetas?

—Otros más, sí. Y otras formas de vida.

—¿Hay más vida allá afuera? —preguntó Pato preocupado.

—La hay, diferente a ustedes y a mí.

—¿Muy diferente? —dijo Julio.

—Ni se imaginan.

Pato y Julio se miraron y no dijeron nada.

—Sé lo que están pensando—dijo Moldavita—. Julio piensa que los humanos son una especie inferior porque sufren. Pato piensa que son una especie que causa mal. Pero no son inferiores ni malos, son lo que son. La verdad es que su combinación de energía, emociones e inteligencia los hace muy diversos, no hay entre ustedes uno que sea igual a otro.

—¿Y eso qué tiene de bueno? —preguntó Julio con cara triste.

—No hay nadie como tú en todo el universo, ¿no te parece especial?

—¿De veras crees que somos especiales? —quiso saber Pato.

—Sí. En todo el tiempo que he vivido entre los humanos, he percibido actos de bondad muy grandes, que no conocí en otras especies. Y también actos de maldad. Pero ustedes son libres de elegir y de equilibrar las fuerzas. Mi especie es diferente. Nosotros somos todos iguales, no existe entre nosotros esa intensidad de sentimientos ni esa lucha de fuerzas. Nuestra especie no comete los actos de los cuales los humanos se avergüenzan, pero tampoco somos capaces de crear la belleza que la mente humana es capaz de concebir.

—Ahora tú tampoco eres igual a los otros —dijo Julio tocando con la punta de un dedo uno de los bordes picudos de la piedra—. Ahora tú sientes igual que nosotros.

—En eso tienes razón. Esta mañana, sentí tu tristeza y hasta llegué a sentir el miedo de tu abuelita.

—¿De qué hablan? —preguntó Pato extrañado.

—Cuando tuvimos el intercambio de energía... —explicó Julio con calma— cada quien le dio al otro algo de su propia naturaleza. Moldavita siente mis sentimientos y yo, bueno, yo...

—Los sentidos de Julio perciben ahora con mayor intensidad —intervino Moldavita.

Pato abrió los ojos sorprendido y miró a Julio.

—¿Ahora tú percibes como...? —dijo, señalando a la piedra.

—No tanto, sólo un poco.

—¿Para siempre?

—No sé, eso parece.

Pato miraba a Julio con la boca abierta. Julio se sintió apenado. De pronto vio su reloj y pegó un brinco.

—¡Once y cuarto! —exclamó— ¡Hay que desinflar la alberca!

Pato y Julio se pusieron a dar vueltas por su cuarto como abejas locas. Se vistieron, recogieron su ropa, la hicieron bola y la metieron en la maleta, estiraron las camas y luego fueron al jardín a aplastar la alberca para sacarle el aire y dejarla guardada. Julio quería buscar un momento a solas con Chepi. De pronto, Pato entró al baño y Julio fue corriendo a buscar a su abuelita. En ese momento, tocaron la campana.

—¡Esa es tu mamá, Julio! —gritó Chepi mientras bajaba las escaleras. Al verla, Julio corrió hacia ella y la interceptó.

—¡Abue! —dijo en voz baja—. Quiero pedirte un favor.

—¿Qué cosa? —dijo Chepi extrañada.

—Invítame la siguiente semana, por fa.

—¡Con mucho gusto! Puedes venir cuando quieras pero... ¿por qué tanto misterio? —dijo ella hablando todavía más quedito.

—Luego te digo, te lo prometo —dijo Julio ansioso—. Es parte del secreto que tengo que contarte.

Chepi lo miró seria.

—¡Por favor! —insistió Julio. La campana volvió a sonar y al mismo tiempo se oyó la puerta del baño abriéndose.

—¡Está bien! ¿Con Pato o sin Pato?

—Con Pato —dijo Julio.

—Bueno. Yo le digo a tu mamá. Vamos a abrirle.

Chepi fue a abrirle a su hija mientras Pato y Julio recogían sus cosas. Cuando llegaron a la cocina, su mamá estaba tomando un vaso de agua. Al verlos le dio un abrazo a Julio y un beso a Pato.

—¿Y mi papá y mis hermanos? —preguntó Julio, esperando a toda la familia.

—Tus hermanos, de pata de perro. Tu papá se quedó trabajando. Pero ahorita que lleguemos a la casa apagamos esa computadora y nos lo llevamos a comer ¿sale?

—Quiero invitar a Julio y a Pato otra vez la próxima semana —dijo de pronto Chepi.

—¿Dos fines de semana seguidos? —preguntó la mamá extrañada.

—Sí, ¿qué tiene? —dijo Julio.

—Me da gusto que vengas, pero Tepoztlán no me queda a la vuelta de la casa —replicó la mamá.

—Quiero llevarlos a un lugar que conozco.

—¿Tiene que ser la próxima semana? Tengo muchas cosas que hacer ese fin de semana.

Chepi miró a Julio quien, escondiéndose atrás de Pato asintió con la cabeza poniendo cara de angustia.

—Bueno, sí. Tiene que ser la próxima semana —dijo la abuelita siguiéndole el juego—. Si no puedes traerlos, mándalos en camión, yo los recojo.

—¡Ay! —suspiró la mamá viendo a Julio—. No prometo nada, a ver cómo le hacemos.

Chepi se despidió de su hija y de Pato. Al final le dio un abrazo a Julio.

—Hice lo que pude —dijo.

Al separarse, Chepi le hizo un cariño en la cabeza a Julio y él la miró. Ella se veía más contenta que en la mañana, pero Julio no vio en sus ojos el brillo sonriente que siempre tenían.

Cuentas pendientes

Al acostarse esa noche, Julio tenía los ojos redondos como búho y no podía dormir. Cuando su papá tenía un problema, decía que lo iba a consultar con la almohada y que la noche era buena consejera. Para Julio eso era totalmente falso. Al contrario, de noche —quizá por la oscuridad o por el silencio— todo se ve mil veces peor. Cada vez que cerraba los ojos, pensaba lo mismo: el 14 de abril era el próximo domingo y él estaba resuelto a ir a Tepoztlán y subir al cerro para llevar a Moldavita con la nave madre. No quería ir solo, pero si nadie lo acompañaba, iría solo.

Al día siguiente, al salir de la escuela, Emi les avisó que iba a irse con Gaby para terminar un trabajo. Cuando Pedro y Julio llegaron a su casa, su mamá los estaba esperando y los tres se sentaron a comer. La mamá se veía pensativa.

—¿A dónde quiere llevarlos Chepi el fin de semana? —preguntó de pronto.

—No sé. Dice que es sorpresa —contestó Julio, sacando la respuesta de la manga.

—¿El sábado o el domingo?

—El domingo.

—Existe una posibilidad de que vayas este fin de semana a Tepoztlán —dijo su mamá—. Y considera que te salvó tu hermana porque yo no iba a llevarte. A propósito, Pedro, tengo que pedirte un favor.

—¿Qué es? —preguntó Pedro.

—Es un favor grande —contestó su mamá, mirando al techo—. Juan Antonio los invitó a Emi y a ti a una fiesta en Tepoztlán.

—¡¿Tesoro?! —exclamaron Pedro y Julio a un tiempo.

—Sí.

—¡No, mamá! —replicó Pedro, negando con la cabeza—. Yo no aguanto a ese tipo, en serio.

—Ya lo sé. Pero tu papá está atacado con la idea de que tu hermana vaya sola a una fiesta en Tepoztlán.

—Pero tú y papá también pueden ir y también está Chepi —argumentó Pedro.

—Tu papá y yo tenemos compromisos aquí el sábado y el domingo. No podemos ir a Tepoztlán. Y además, no nos invitaron a nosotros ni a Chepi, sólo a ti.

—Pues que no vaya Emi —dijo Pedro.

—La mamá de Tesoro habló conmigo para invitarlos a ustedes dos. Ni modo que le diga que no. Emi se pondría como una pantera y es peor que se encapriche con el muchacho. Te lo pido por favor. Estoy dispuesta a negociar.

—¿Qué? —exclamó Pedro sorprendido.

—Te presto mi coche dos sábados seguidos.

—¿En serio?

—Sí.

—Que sean tres.

—Bueno, tres —dijo la mamá, torciendo la boca.

—Creo que puedo acompañar a Emi —dijo Pedro sonriente.

Julio estaba contento, las cosas habían salido bien y él podría ir a Tepoztlán. Después de comer, subió con Moldavita a la azotea. Ahora la transportaba en una flanera de vidrio. Se había dado cuenta de que cada vez que la tocaba, sus dedos se ponían más azules: el intercambio de energía entre ellos dos era inevitable, pero cada vez que sucedía, Moldavita se debilitaba más.

—¿Moldavita? —dijo Julio en cuanto estuvo sentado junto al tinaco.

—¿Sí? —dijo la piedra con voz débil.

—Tengo que decirte algo muy importante.

—¿Qué es?

—Antes de salir de casa de Alejandro, el que me dio la foto, le pregunté cuándo vendría la nave madre otra vez.

—¿Y qué te dijo?

—No me dijo nada. Pero en la foto apuntó un lugar y una fecha: *Cerro de la Luz, 14 de abril, 01. hrs, .05 minutos.*

—Eso es a la una de la madrugada con cinco minutos del próximo domingo.

—El Cerro de la Luz se ve desde la casa de Chepi. No sé muy bien cómo, pero te voy a llevar. Si esa nave es de los tuyos podrán recogerte, ¿no?

—Sí. Es muy posible que perciban mi presencia.

Durante un momento, Julio y Moldavita se quedaron en silencio.

—No tienes que hacerlo, Julio. Yo no sufro, no siento dolor. Cuando me desintegre, no va a pasar nada.

—Tú eres mi amigo —respondió Julio—. Y una vez me dijiste que los amigos se ayudan si pueden.

—Sí, eso dije.

—Bueno, pues yo te voy a ayudar, estoy seguro de que puedo hacerlo.

—Gracias, Julio.

—De nada.

—¿Vas a ir solo?

—Pedro no puede, va a una fiesta. Y creo que a Pato le da miedo.

—Sería mejor que fueras con alguien.

—Sí, pero lo voy a hacer aunque vaya solo.

Julio se quedó callado un buen rato, mirando distraído hacia la calle. No se había dado cuenta, pero tenía la nariz, las cejas y hasta la boca fruncidas.

—Siento que estás angustiado.

—Es que… todo se ha puesto difícil.

—Así es la vida humana. Nunca sabes lo que va a pasar.

—Cuando supe lo de Chepi, pensé que tú y yo podríamos unir nuestras energías y…

—Julio, te lo he dicho muchas veces, escúchame: *la energía está en ti.*

—Bueno y si así fuera, ¿podría curarla yo?

—No lo sé. Primero tienes que educar tu energía.

—¿Educarla?

—Todavía la usas de una forma muy primitiva, en tus sentidos. Y la verdadera fuente de la energía humana son las emociones y los pensamientos.

—Es muy complicado este asunto de la energía —comentó Julio suspirando.

—Siempre recuerda que la tienes. Cuando niegas lo que sientes y cuando te cierras a conocer, la bloqueas. También el miedo y la desesperación la bloquean.

Julio ya no dijo nada. Estuvo pensativo un rato, después bajo con la flanera y la puso en su ventana. En eso sonó el timbre. Julio oyó la voz de Pato en la cocina y bajó las escaleras corriendo. Su amigo estaba de pie, mirándolo muy serio. Julio sonrió pero no dijo nada.

—Oye, Julio, a ti te pasa algo raro. Estuve pensando y ya sé qué es —dijo Pato abriendo fuego.

—¿Qué?

—Quieres volver a Tepoztlán para llevar a Moldavita cuando venga una nave de ésas. Piensas que van a venir este fin de semana y le pediste a tu abuelita que nos invitara.

—¡Shhh, baja la voz!—exclamó Julio mirándolo asombrado. Él pensaba que Pato no se había dado cuenta de su plan.

—¿Ya ves? —dijo Pato— Lo descubrí. Te conozco, mosco.

—Bueno, lo descubriste —dijo Julio—. Pero no "pienso" que van a venir este fin de semana, *estoy seguro.*

—¿Ah, sí? ¿Cómo estás tan seguro?

Julio le hizo una seña para que lo siguiera a su cuarto, donde le enseñó el reverso de la fotografía.

—¿Cerro de la Luz, catorce de abril, a la una y cinco? —leyó Pato—. ¿Y ese señor Alejandro, cómo sabe?

—No sé. A lo mejor le dijeron ellos mismos.

—Pero esto puede ser el catorce de abril de cualquier año. Puede ser el día que tomó la foto, acuérdate, nos dijo que la tomó hace un año.

—Puede que sí, pero de todas formas voy a ir —dijo Julio.

—Estás orate, Julio, ¿qué tal si te hacen algo? —preguntó Pato angustiado.

—¡No hacen nada! —exclamó Julio muy seguro.

—¡Es peligroso subir a esos cerros en la noche!

—¡No me importa! ¡Voy a ir! —insistió Julio con cara de necio.

—Y encima me metes en tu relajito sin preguntarme, ¿verdad? —arremetió Pato enojado—. Por eso le dijiste a Chepi que me invitara a mí también, ¿al menos pensabas preguntarme si yo quería ir?

Julio miró a su amigo con la boca apretada, sabía que Pato tenía razón.

—¡Pues yo no quiero ir! —tronó su amigo—. Si tú quieres meterte en problemas allá tú, pero yo no voy. Y tu mamá debería saber esto.

—¡No le digas! —gruñó Julio.

—¡Sí le digo!

—Si no quieres ir, no vayas, pero no le digas a nadie.

Pato y Julio se miraron un momento. De sus ojos salían chispas y rayos. Pato se dio la vuelta y se fue, negando con la cabeza.

Los días que siguieron fueron los más feos que había vivido Julio. Casi no hablaba con nadie, dormía poco, no tenía hambre. Para el jueves ya tenía ojeras de perro San Bernardo. Hasta su maestra de química le preguntó si estaba enfermo. Pato y él, desde luego, no se hablaban. En el recreo cada uno jugaba en el equipo donde no estaba el otro. Si Julio jugaba futbol, Pato se iba al espiro. Si Pato jugaba béisbol, Julio se iba con los del voleibol. Y si se veían, cada quien hacía como que el otro no existía.

El viernes en la tarde, Julio estaba harto. Pedro había salido, Gaby estaba en su casa y ella y Emi estaban metidas en el baño haciéndose cuanto peinado se les ocurría y probándose cuanto vestido y zapato les caía enfrente: querían verse muy bien en la fiesta. Todo el tiempo se oían risas y grititos alocados. Mientras tanto, Julio daba vueltas por su cuarto como tigre enjaulado. Al fin acercó una silla al clóset, se subió y bajó del entrepaño de arriba la caja donde guardaba sus ahorros. Sacó 200 pesos, tomó la flanera en la que tenía a Moldavita, salió a la calle y detuvo al primer taxi que pasó.

—A la Cerrada del Secreto número once.

Un rato después, el taxi se detenía frente a la casa blanca de Shulemi. Julio le pidió que lo esperara y se bajó. Se detuvo un momento viendo la casa. Si tocaba el timbre, no lo iban a dejar entrar, así que pensó en un plan. Después de un rato, llegó la oportunidad que él esperaba: la puerta se abrió y un grupo de personas salió a la calle. Julio se coló por la puerta abierta como si fuera su casa. Ya adentro buscó a Shulemi. En las habitaciones blancas no había nadie y en el jardín de la fuente, un grupo de personas hacía tai-chi, pero Shulemi no estaba con ellos. Julio caminó hacia su oficina y se asomó por la ventana. Ahí adentro estaba la gurú, hablando por teléfono. Al ver movimiento en la ventana, volteó. En cuanto reconoció a Julio, sus ojos medio cerrados se abrieron como persianas, colgó el teléfono y abrió con fuerza la puerta de su oficina. Julio se sintió de pronto asustado y pensó que era una tontería haber ido ahí.

Shulemi volteó para todos lados y cuando estuvo segura de que nadie la veía, jaló a Julio del brazo y lo metió a su oficina.

—¿Qué estás haciendo aquí? —preguntó con voz chillona.

—Vine a hablar con usted.

—¿Ah, sí? Muy interesante. Ya hablaste, ahora vete.

—¡Primero tiene que oírme! —dijo Julio levantando la mano derecha, mostrando sus dedos manchados de azul.

Al verlos, Shulemi abrió la boca, sorprendida. Después se fijó en la flanera que llevaba Julio en la mano. Alargó su mano hacia la piedra de Julio y éste retrocedió.

—Mejor no la toque. Ya está muy débil.

—¿Qué dices? —exclamó Shulemi, haciéndose la extrañada—. ¿Quién está débil?

—Yo creo que usted lo sabe muy bien —dijo Julio mirándola fijamente.

Shulemi suspiró y se recargó en su escritorio.

—Okey, tú ganas —dijo, encogiendo los hombros—. Admito que sé lo que hay ahí. Hace quince años, compré mi moldavita en un viaje. La primera vez que la toqué, me quemó esta misma mano. Después, me di cuenta de que la piedra me hablaba. Creí que estaba loca pero después me di cuenta de que era real. Estaba tan fascinada que compré muchas piedras de éstas y las vendí a las personas que venían a meditar conmigo. Nunca volví a ver a nadie que se quemara con una.

—Yo sí me quemé.

—Hace como un año, mis dedos empezaron a pintarse de azul y la voz de mi piedra comenzó a oírse muy lejana. Hace meses que ya no la oigo.

—¿Y por qué vende piedras falsas?

—La gente que medita pide mucho las moldavitas, creen que tienen "poderes" —dijo ella en tono burlón.

—No tienen poderes —replicó Julio.

—Claro que no. Pero a la gente le gusta pensar eso, que las piedras tienen poderes y que van a cambiar su vida gracias a ellas.

—Eso no es cierto.

—Yo lo sé…¿cómo te llamas?

—Julio.

—Yo lo sé, Julio, pero la gente común, no —dijo Shulemi dándose aires—. Así que las moldavitas se han vendido como pan caliente. Pero ya quedan muy pocas, después de todo, son trozos de un meteorito, tienen que acabarse, ¿no? Las pocas moldavitas legítimas que quedan son carísimas. Entonces, un amigo me trajo estas piedras que se parecen muchísimo. A fin de cuentas, yo soy una comerciante, vendo felicidad en forma de meditaciones y piedras.

—Es un fraude.

—Puede ser, pero la gente se las lleva encantada y luego vienen felices y me dicen que su vida cambió y que tal y tal. Todo el poder de cambiar la vida está en el coco, ¿sabes? —dijo Shulemi tocando su cabeza—. ¿Y tú? ¿Cómo la conseguiste?

—Me la regaló mi primo. Y muy pronto supe lo que había dentro.

—¿También te creíste loco?

—Sí.

—¿También le robaste la energía? Tu mano está azul por eso, ¿lo sabes, verdad?

—¡No se la robé! Tuvimos un intercambio de energía un poco fuerte y… se le hizo una fuga.

—Mm… es una manera bonita de decirlo. Bueno, yo sí se la pedí toda. Y, ¿sabes algo? Con el tiempo la he perdido. Mi piedra solía decir que la energía se bloquea, creo que eso pasó.

Julio quería irse de ahí. El cinismo de Shulemi le molestaba.

—Bueno, ¿a qué viniste? —preguntó ella—. No creo que a platicar, ¿verdad?

—No. Vine por… su piedra.

—¡Ja! —exclamó Shulemi— ¡Qué descaro! Lo que había adentro puede haberse muerto, pero de todas formas es una moldavita original y muy valiosa por su tamaño.

—No dudo que usted piense venderla...—aventuró Julio.

—¿Algún problema?

—Sí. El ser de su piedra está vivo. El otro día, mi moldavita percibió la energía de la suya. Si se hubiera desintegrado, no habría percibido nada, ¿no cree?

—Puede ser —dijo Shulemi alzando una ceja.

—¿Por qué no la saca de su caja y las ponemos juntas?

—Nada se pierde —dijo Shulemi, encogiéndose de hombros mientras caminaba hacia la caja donde guardaba su piedra.

Julio se acercó al escritorio y puso la flanera encima. Shulemi abrió la caja y la puso junto a la flanera. No pasó nada.

—¿Ya ves? Adentro de mi piedra no hay nadie —comenzó a decir Shulemi.

—¡Shhh! —exclamó Julio— ¿No oye algo?

Shulemi inclinó la cabeza y trató de poner atención. Julio estaba quieto como estatua, conteniendo la respiración. Algo se oía. Ninguno de los dos podía describir el tenue sonido que escuchaban. No sabían si era como una música que se oía a mil revoluciones, o como la estática de un radio que no se ha sintonizado. De pronto, un delgado hilo de luz azul apenas visible salió de ambas piedras y se unió en una diminuta chispa. Julio sonreía emocionado, Shulemi miraba boquiabierta.

—Yo daba unos chispazos impresionantes de ese color —comentó Shulemi.

—Yo también.

—Okey, ¿para qué quieres la piedra?

—El domingo viene a Tepoztlán una nave madre de su misma especie. Yo los voy a llevar para que puedan irse en la nave.

Shulemi lo miró sorprendida, luego soltó una carcajada.

—Tú estás muy loco —dijo, todavía riéndose.

—No estoy loco. Sólo quiero ayudar a ese ser.

Shulemi suspiró y observó a Julio durante un momento.

—¿Sabes? Me recuerdas a mí misma, cuando tenía tu edad. Yo también era idealista.

Julio le devolvió una mirada obstinada.

—¡Tienes tanto qué aprender! —dijo ella, meneando la cabeza—. En fin, me convenciste. Eres mejor vendedor que yo. Llévate la piedra y acuérdate de que me debes un favor.

Julio no podía creer lo que oía. Sonrió de oreja a oreja y tomó las dos piedras con prisa, no fuera a ser que Shulemi se arrepintiera.

—¡Adiós! —dijo desde la puerta.

Shulemi sonrió levemente y se quedó pensativa viendo cómo Julio se alejaba con su moldavita. Al salir, Julio se subió al taxi casi de un brinco y le pidió que lo llevara de regreso a su casa.

Julio sonreía satisfecho. Las cosas con Shulemi habían salido mejor de lo que esperaba y estaba contento. Al irse a dormir esa noche, sacó las piedras de la flanera y las puso sobre su buró.

—¿Has podido comunicarte con el que vive en la otra piedra? —le preguntó a Moldavita.

—Muy poco. Está a punto de desintegrarse, apenas tiene un mínimo de energía.

—Dile que aguante.

—Ya le dije.

—Bueno… hoy es tu última noche aquí. Se supone.

—Podría ser.

—Estoy nervioso.

—Puedo sentirlo.

—¡Bueno! Vamos a dormirnos —dijo Julio.

—Julio, espera —dijo de pronto Moldavita—. Hay algo que quiero decirte. Estos últimos días hemos hablado muy poco, pero de todas formas yo sigo percibiendo tus pensamientos.

—¿Y?

—Sé que piensas que tú me vas a ayudar a mí aunque yo no ayude a tu abuelita.

—Bueno… sí. Pensé que si recuperabas tu energía, podías ir a su casa y curarla. Pero no te dije nada, porque creo que no quieres hacerlo.

—Sí quiero. Pero no debo. Mi especie ha viajado por el espacio desde hace millones de años, eso ya te lo dije. Entre nosotros, es una regla no interferir con el ciclo de vida de otros seres, nuestra naturaleza sólo nos permite observar y aprender.

—Pero, ¿por qué? ¿de qué sirve saber tantas cosas si no puedes usarlas para ayudar a otros?

—Cada ser en el universo tiene un destino y nosotros lo respetamos. No podemos ir por el cosmos cambiando el curso de la vida.

Julio miró la piedra un momento y suspiró.

—Está bien —dijo al fin.

—Buenas noches —dijo Moldavita.

Julio durmió como hacía semanas que no lo hacía. Al despertar al día siguiente, sintió un picor nervioso e impaciente que lo hacía dar vueltas, mover las piernas y rascarse la cabeza. Esa noche estaría en la punta de un cerro esperando... ¿esperando qué?, ¿ a quiénes? La verdad, no lo sabía. La foto le decía mucho y a la vez no le decía nada. Julio tenía confianza y se sentía tranquilo, pero había un lugar, en el fondo de su corazón —no tenía caso negarlo—, que estaba inquieto y sentía miedo de lo que no conocía.

Los minutos escurren con especial lentitud cuando uno está esperando que algo pase. Peor aún cuando es necesario esperar todo un largo día. Pero Julio no era el único impaciente en su casa. Emi estaba peor. Parecía que era el día de su boda.

En la mañana le había pedido permiso a su mamá de irse a peinar a un salón de belleza. La mamá la miró y le hizo una cara que puso a Emi muy de malas. Además, le dijo que a los 17 uno no necesita peinarse en el salón para ir a una fiesta con el novio. Emi se enfurruñó mucho y se metió al baño un largo rato. Al salir, fue a la cocina a prepararse una mascarilla: se embarró toda la cara con miel, luego rebanó un pepino y se puso las rebanadas sobre sus ojos y el resto de su cara. Según la revista que había leído la mascarilla debía dejarse media hora, pero cuando llevaba 15 minutos le habló Tesoro y tuvo que caminar con la cara levantada y los brazos extendidos tocando todos los muebles hasta dar con el teléfono. Pasados los 30 minutos, se metió al baño media mañana para depilarse, bañarse y peinarse a su gusto.

Pedro había salido un rato. Los papás también habían salido, muy arreglados, asegurando que llegarían a las 12:00 para llevarlos a Tepoztlán. En todo este tiempo, Julio no sabía qué hacer. Prendió la tele, pero no había nada que ver. Echó un ojo a sus videojuegos, pero ninguno le interesaba. Se acostó en su cama a leer unos cómics, pero no pasaba de la tercera página. Revisó cuatro veces su maleta para ver cómo estaban las piedras. A las 12:00 sonó el timbre de la puerta y Emi comenzó a pegar de gritos.

—¡Ya llegaron mis papás! ¡Y yo todavía no estoy! ¡Me falta pintarme las uñas!

Julio salió a abrir, pero no eran sus papás. Era Pato el que estaba ahí parado, con una maleta colgándole del hombro. Julio lo miró serio.

—¿Qué haces aquí? —le preguntó fríamente.

—Voy a ir contigo —dijo Pato, asintiendo con la cabeza.

—No tienes que hacerlo. Yo puedo ir solo.

—Estuve pensando, ¿sabes? Y me dije: este cuate tiene un mes de conocer al bicho que está en su piedra y lo va a ayudar. Yo tengo nueve años de ser su amigo ¿y no voy a acompañarlo? Si no lo hago, no me voy a sentir bien.

Julio sonrió. Pato también.

—¡Qué bueno que vienes! —exclamó Julio, mientras entraban a la casa.

—Bueno, cuando se tiene un amigo necio como tú, no queda de otra, ¿no nos íbamos a las doce?

—¿Cómo sabes?

—Ayer te hablé en la tarde y no estabas, pero Emi se dignó a decirme a qué horas se iban. No le creí mucho, la verdad, pensé que me estaba diciendo que a las doce y se iban a las diez.

—Estamos esperando a mis papás, cuando lleguen nos vamos.

—¿Y dónde andabas ayer? —preguntó Pato.

—Fui con Shulemi.

Julio le mostró a Pato la piedra de Shulemi y le contó todo lo que había pasado. Julio estaba muy contento de estar con Pato, siempre que uno está acompañado, el tiempo pasa más rápido. Eran las 2:30 de la tarde, Pedro ya había llegado y a los papás no se les veía por ningún lado.

—¡Se va a hacer tardísimo! —chilleteaba Emi, quien por fin, después de un bote de gel y otro de spray, había logrado el peinado de sus sueños.

—¿Cuál tarde, Emi? —replicó Pedro—. La fiesta empieza dentro de cinco horas, ¿por qué no te pintas y te pones tu vestido en lo que llegan?

—Porque en el coche mi-vestido-se-va-a-arrugar y el maquillaje-se-va-a-correr —contestó Emi moviendo la cabeza al ritmo de sus palabras—. ¡Ay! Los hombres no piensan en nada.

En ese momento llegaron los papás y se bajaron del coche derrapando.

—¡Ya se hizo tardísimo! ¡Vámonos!

Como hormigas guerreras que esperan la orden de la reina para hacer su trabajo, Pedro, Pato y Julio recogieron mecánicamente sus maletas y las subieron a la camioneta. Emi llegó al final, cargando una pesada maleta, un vestido en una bolsa de tintorería y un enorme estuche de maquillaje. Cuando todos estuvieron dentro, Emi suplicó que no abrieran las ventanillas para que no se despeinara.

El viaje fue rápido y silencioso. Había un cierto hilito de tensión en el ambiente que hacía que nadie hablara. Sólo Pato le hizo una pregunta a Julio en voz baja.

—¿Nuestra misión es secreta?

—Secretísima —contestó Julio.

En una hora estaban tocando la campana de la casa de Chepi. Ya casi eran las cuatro. Chepi estaba con Jim, los estaban esperando a comer, pero los papás dijeron que tenían otro compromiso y debían regresar a México pronto.

—Se cuidan mucho —le dijo su mamá a Pedro y a Emi.

—Quiero que estén en la casa de su abuelita a las doce de la noche a más tardar —dijo el papá.

—Un poco más, papá —rogó Emi—. A las doce es como de Cenicienta.

—Precisamente. A las doce se acaba el encanto.

—¡Ay papá! —se quejó Emi.

—¡Mañana venimos por ustedes a las dos! —dijo la mamá.

Después de varios besos y abrazos apresurados, los papás se subieron al coche y se fueron. Los demás se sentaron a comer. Al terminar, Pato y Julio se ofrecieron a lavar los platos mientras Jim llevaba a Pedro y a Chepi al pueblo a comprar algunas cosas y Emi comenzaba a maquillarse.

—¿Cuál es el plan? —preguntó Pato.

Julio llevó a su amigo al jardín, donde le señaló un escarpado cerro que se veía muy próximo a la casa de la abuelita.

—Ese es el Cerro de la Luz. Tenemos que subirlo.

—Parece que está muy cerca.

—Más o menos. El pueblo termina cuatro cuadras para abajo. Y ahí empieza el cerro.

—Pero no va a ser fácil subirlo, ¿te acuerdas de la última vez que subimos con Rodrigo al Tepozteco? Hicimos como dos horas. Y eso que tiene escaleras.

—Creo que por lo menos tardaremos dos horas y media.

—Y sin luz.

—Traje las linternas de mano de mi papá.

—Bueno. Tendríamos que irnos como a las once.

—¡Antes! Pero hay que esperar a que se duerma mi abuelita. Lo bueno es que siempre se duerme temprano.

—¿Y si llega Pedro y no nos ve?

—Pedro va a dormir en otro cuarto.

Julio y Pato estuvieron un rato más platicando en el jardín hasta que las nubes y las piedras de la serranía empezaron a pintarse de rosa. Eran las seis de la tarde, la hora del tradicional metesol en el campo, cuando súbitamente empezó el viento.

Los que viven en Tepoztlán lo conocen. Puede aparecer cualquier día del año, en especial de noviembre a abril. Es ciclónico, parece un huracán. Los que saben, dicen que se produce cuando llueve ligeramente en los alrededores del valle. Los del pueblo lo ven venir como a un tirano implacable. Es el viento de Tepoztlán, que puede durar toda una noche o un día completo y llevarse techos de paja, romper vidrios, desenraizar árboles y jalar con todo lo que se encuentra a su paso, además de hacer muy difícil andar a la intemperie, por la cantidad de polvo y basura que arrastra y que impide abrir bien los ojos.

—¡Ay, no! —exclamó Julio cuando sintió que el viento lo despeinaba.

—¡No! ¡Lo que quieras menos eso! ¡NO me digas que es una de las ventoleras que se sueltan aquí!

—Creo que sí.

—Ahora sí, las cosas se pusieron del puro nabo.

Pato y Julio cerraron la sombrilla de Chepi y la metieron a la casa junto con ellos. Ya eran las seis y media y el perfume de Emi aromatizaba todos los cuartos. En ese momento llegaron Jim, Chepi y Pedro y entraron corriendo.

—¡Qué carambas con este viento! —exclamó la abuelita.

—Será mejor que ya me vaya —dijo Jim.

—Usted no se va a ningún lado, señor —sentenció Chepi—. La última vez el viento tiró árboles sobe la carretera. Tengo suficientes cuartos. Pedro y los chicos dormirán juntos en mi costurero.

Al oír esto, Julio y Pato se quedaron fríos. Ese sí que podía ser un problema

—¡Bueno! Me voy a cambiar —dijo Pedro, tomando su maleta.

A las 7:30 en punto, alguien tocó la campana.

—Ése es Juan Antonio —anunció Emi desde su cuarto.

Jim fue a abrirle y en unos segundos, estaban los dos adentro. Julio y Pato no pudieron evitar sonreír cuando los vieron entrar juntos. Jim entró con el cabello todo parado por el viento en tanto que Tesoro venía perfectamente relamido con gel y luciendo un rompevientos rojo que le llegaba a las rodillas y tenía un gorro.

—Ya llegó caperucito —comentó Julio en voz baja.

Pato y él empezaron a reírse. Tesoro los miró con ojos de odio. En ese momento, Emi bajó las escaleras.

—¡Guau! —exclamó Pato.

Julio miró a su hermana y pensó que esa no era Emi, sino una modelo que salía caminando de una de las revistas de moda que a ella tanto le gustaban. Su complicado peinado se había mantenido en pie desde la mañana, pero ahora además, estaba pintada, tenía un vestido azul claro vaporoso y ligero, unas sandalias altas del mismo color, una ligera chalina que le había prestado Gaby y unos aretes de su mamá.

—¡Ay, corazón! —le dijo Chepi—. Te ves preciosa.

—Linda, de verdad —añadió Jim.

Al verla, Tesoro olvidó por un momento su pose arrogante y no pudo evitar mirarla con ojos de puro amor. Julio se fijó en él y por un momento pensó que Tesoro también era un ser humano. En eso, Pedro salió de su cuarto y también la miró sorprendido.

—¡Te ves bien, Emi! —exclamó—. Creo que te sirvió la mascarilla de pepino que te pusiste en la mañana.

—Por favor tráelos a más tardar a las doce —le dijo Chepi a Tesoro cuando se despidieron—. Y tengan cuidado con el viento.

En cuanto sus hermanos se fueron, Julio sintió un nerviosismo que le hacía un hueco en el estómago: empezaba la cuenta regresiva y tenían que pensar en un nuevo plan. Se acercó a Chepi y dio un bostezo tan largo que los ojos le lloraron.

—¡Qué sueño! —dijo Chepi.

—Tengo mucho —dijo Julio—. Me quiero dormir temprano.

Pato también bostezó como león, siguiéndole el juego a Julio.

—Yo también. Anoche me desvelé.

—Está bien —dijo Chepi—. Voy a preparar algo de cenar para que se duerman pronto.

Al subir dos escalones, Julio sintió que alguien lo miraba. Al voltear a la sala, sus ojos se encontraron con los de Jim, quien lo estaba viendo fijamente. Julio sonrió nervioso y siguió subiendo la escalera. Al llegar al costurero, cerró la puerta.

—Chepi no va a costar trabajo, pero Jim se huele algo —dijo.

—Siempre ha sospechado que tenemos algo raro. ¿Qué tal si a media noche se le ocurre venir a ver si estamos aquí?

—¡Ya sé! —exclamó Julio—. Después de cenar, vamos a poner las almohadas adentro de las camas como si fuéramos nosotros. No creo que entre a vernos las caras.

—Con suerte no.

Al bajar a cenar, los dos se dieron cuenta de que en la escalera del costurero rechinaban tres escalones, así que la subieron y la bajaron tres veces para detectar dónde crujía la madera. Era mejor no pisar esos escalones, así que fueron por varios pompones de algodón para señalarlos y no olvidarlos.

La verdad era que no tenían mucha hambre pero cada uno se empujó un bizcocho con leche y un mango. Los dos tenían la consigna de poner cara de cansancio y no dejar de bostezar, aunque con los bostezos pasa algo extraño: una vez que uno empieza no hay manera de parar, aunque no se tenga sueño. Y encima son contagiosos. Antes de acabar la cena, los cuatro bostezaban como hipopótamos.

Eran casi las nueve cuando terminaron de cenar. El viento aullaba y se azotaba furioso contra las ventanas. El jardín parecía estremecerse bajo su fuerza, los árboles se doblaban y todas las hojas temblaban. Al ver eso, el valor de Julio flaqueaba, y ni qué decir de Pato.

—Veinte años viviendo aquí y no me acostumbro a este viento —comentó Chepi.

—Abue... —comenzó a decir Julio— Pato y yo ya vamos a dormirnos.

—Sí, ya duérmanse. Dicen que este viento da sueño.

—¿Tú... también tienes sueño? —preguntó Julio como el que no quiere.

—Sí, bastante. Pero creo que no me voy a ir a dormir hasta que lleguen Pedro y Emi. Con este viento, estoy con pendiente. Voy a ver una película.

Si una cubeta de agua helada hubiera caído sobre Julio y Pato en ese momento, no les hubiera molestado en lo más mínimo. El anuncio de que Chepi iba a estar despierta los dejó tiesos. Con un profundo suspiro de angustia, Julio le dio un beso de buenas noches a su abuelita y se encaminó con Pato hacia el costurero.

—Ahora sí, la cosa está de la tuna —afirmó Pato en cuanto estuvieron solos.

—Peor que eso. No se cómo le vamos a hacer.

—¿Hay alguna otra ruta de escape que no sea la escalera?

—Por una ventana, pero no tiene caso romperse una pata antes de salir de la casa.

—¿Y... no podemos ir otro día? —sugirió Pato.

—No creo. La otra moldavita ya tiene muy poca energía, está a punto de desintegrarse. Además, ya me había hecho a la idea

—Eso sí, yo también.

—Ni modo. Ahora o nunca —sentenció Julio.

—Bueno, pues vamos a acomodar las almohadas —dijo Pato con cara de resignación.

Entre los dos arreglaron las almohadas tan perfectamente bajo las cobijas, dándole forma a cabeza, espalda, pompas y piernas, que cualquiera hubiera pensado que ahí estaban ellos durmiendo boca abajo. Ya eran las 9:45. Se pusieron unos pants, tenis y una sudadera. Julio se metió a Moldavita en el bolsillo, pero la otra piedra era muy grande y le estorbaba. Pato se ofreció a llevarla en una bolsa con cierre que tenía su sudadera. Julio tomó una linterna y le dio otra a Pato. Antes de salir del cuarto los dos se miraron y chocaron los puños cerrados como hacían siempre al saludarse.

—Buena suerte —deseó Julio.

—Buena suerte.

Bajaron las escaleras con mucho cuidado de no pisar los escalones marcados. Después, quitaron los pompones. Hasta ahí todo iba bien. En el piso de las recámaras no había nadie. Ahora tenían que bajar las otras escaleras, las que llevaban a la sala, pero eso era imposible por el momento. Allá abajo, todas las luces estaban encendidas y Chepi iba de un lado a otro guardando trastes. Pato y Julio se quedaron muy quietos, encogidos en el rellano de las escaleras. Esperaron un buen rato, pero la luz no se apagaba y se seguía oyendo mucho ruido.

—Oye, Julio, ¿ya pensaste la que se va a armar cuando llegue Pedro? —preguntó Pato en voz baja.

—¿Por qué?

—¿No crees que se va a dar cuenta de que en las camas hay almohadas?

—No creo que se de cuenta —susurró Julio—. Y si da la alarma, vamos a estar lejos.

Pato meneó la cabeza y torció la boca.

—Contigo no hay manera, en serio...

—¡Shhh! —interrumpió Julio, asomándose con cuidado por la escalera.

La luz ya se había apagado.

—Está empezando una película buena —dijo Jim.

—Qué bien —repuso Chepi—. Vamos a verla mientras esperamos a los muchachos.

Jim subió el volumen de la tele. Julio sabía que el sillón donde estaban sentados Chepi y Jim quedaba de espaldas a la escalera y al pasillo que llevaba a la cocina, o sea que si él y Pato bajaban con mucho cuidado y a gatas, no pasaría nada. Le hizo una señal a su amigo y los dos bajaron la escalera silenciosos como felinos. Por suerte la puerta que dividía la sala de la cocina estaba abierta, así que una vez abajo, era cosa de deslizarse a la cocina, de ahí al jardín y ¡directo a la calle y al cerro!

Hasta cierto punto, el viento estaba de su lado, porque aullaba de tal manera que amortiguaba los pequeños ruidos dentro de la casa. Ya habían llegado hasta abajo y estaban a gatas justo detrás del sillón cuando una ráfaga de viento azotó con fuerza tirando una maceta en el corredor y haciendo un ruidero. Jim y Chepi se levantaron de un brinco de su asiento mientras que Julio y Pato se aplastaron contra el sillón en un desesperado intento por no ser vistos.

—¿Qué fue eso? —preguntó Jim estirando el cuello para ver a través de las ventanas.

—Fue una maceta.

—Mejor voy a ver —dijo Jim dando dos pasos.

Julio creyó que ese iba a ser el fin de la aventura. Si Jim se asomaba por la ventana, sería imposible que no los viera y ¡entonces sí!, adiós a todo.

—No salgas —dijo Chepi—. Cada vez que hace este viento, se me rompe alguna maceta. Es más, ahí se ven los pedazos, ya se cuál era.

—Es verdad, ahí están los pedazos —convino Jim—. ¡Bueno!

Jim y Chepi volvieron a sentarse. Pato y Julio sintieron que el corazón volvía a latirles y siguieron su escurridiza huida hacia la cocina. Una vez ahí, Julio abrió con cuidado el cajón donde Chepi siempre guardaba sus llaves y las tomó. Ahora había que actuar rápido. Se pusieron de pie, Julio abrió la puerta de la cocina y salieron. En cuanto estuvieron afuera, el viento huracanado les dio la bienvenida con una ráfaga que casi los tira al suelo. Tratando de ignorarlo, corrieron hacia el portón y una vez en la calle, se miraron sonrientes. La primera etapa estaba concluida.

—¿Qué horas son? —preguntó Pato, protegiéndose los ojos con las manos.

Julio miró su reloj.

—¡Son las diez cuarenta y cinco!

—¡Apenas tenemos tiempo! —apremió Pato—. ¡Y luego con este viento!

—¡Vámonos rápido!

Julio y Pato empezaron a caminar pegados a la pared. No caminaban tan rápido como hubieran querido porque tenían que ganarle terreno al viento, pero en unos minutos habían llegado a la última cuadra del pueblo.

A unas calles de ahí, Tesoro manejaba su convertible —ahora con techo—, para llevar a Emi y a Pedro a su casa.

—¡Maldito viento! —gritaba furioso—. ¡Iba a ser una fiesta magnífica!

Emi lo miraba con cara de María Auxiliadora. Su peinado, a pesar del gel y el spray, no había resistido los embates del viento y lucía todo revuelto.

—Bueno, puede haber otras fiestas —dijo, tratando de consolar al afligido Tesoro.

—¡Todo estaba tan bien planeado! Las mesas en el jardín, las luces, la carpa, el buffet en la terraza. Y todo barrido por este viento.

Emi le acariciaba la cabeza mientras lo miraba con compasión. Pedro, en el asiento de atrás, iba menos preocupado. La verdad agradecía que la fiesta hubiera terminado antes. Nunca había visto semejante enjambre de relamidos que sólo hablaban de quién sería el presidente de la Sociedad de Alumnos. Julio y Pato los hubieran incluido en la lista de chupamocos al momento. Mientras Tesoro seguía culpando al viento de todas sus tragedias, Pedro miraba distraído por la ventanilla. En eso, vio a dos figuras conocidas dar vuelta en una esquina. No podía estar seguro, el viento confundía la visibilidad, pero casi juraba que esos dos eran Pato y Julio. En especial, le llamó la atención el color amarillo neón de la sudadera de Pato.

—¡Párate! —ordenó de pronto.

Tesoro detuvo su coche con un rechinón de llantas. Emi tuvo que poner la mano para no pegarse en el tablero.

—¿Qué te pasa, Pedro? —tronó Emi.

—¡Nunca le digas eso a alguien que viene manejando! —gritó Tesoro.

—Allá vi caminando a dos chavos que se parecían mucho a Pato y a Julio.

—Ay Pedro, ¡por favor! ¡Son las once de la noche! —alegó Emi con tonito de mamá mandona—. ¿Qué van a estar haciendo afuera a estas horas y con este viento? ¡No hay un alma en la calle!

—No te cuesta nada, Tes... Juan Antonio, por favor, se fueron por allá, nada más vamos a echar un vistazo.

Tesoro se acomodó en el asiento y arrancó el coche con otro rechinido de llantas. Cuando llegaron al sitio donde Pedro los había visto, descubrieron que era la última calle del pueblo. Pedro se bajó del coche y miró en todas direcciones con los ojos entrecerrados a causa del viento. Cuando miró al pie del cerro sintió una punzada caliente de adrenalina: ahí iban caminando dos personas de la misma estatura que Julio y Pato, las dos con linternas encendidas. Y esa sudadera amarillo neón, estaba seguro de que era de Pato. Sin esperar a ver qué opinaban Tesoro y Emi, Pedro se lanzó corriendo hacia ellos. Al verlo correr, Emi se bajó del coche.

—¡Pedro! ¿A dónde vas? —gritó.

—¡Son ellos! ¡Estoy seguro! —gritó Pedro volteándose un segundo.

—¡No! —chilló Emi— ¡Ven acá!

En ese momento, Tesoro se bajó del coche de muy mala gana.

—¿Qué les pasa a tus hermanos? ¿Por qué siempre hacen cosas raras?

—¡Ay, no sé! —se quejó Emi— ¡Pero vamos a seguir a Pedro!

—¿Y mi coche? ¿Cómo voy a dejarlo aquí?

—¡Por favor, Juan Antonio! —suplicó Emi con repentina angustia—. ¡No puedo dejar a Pedro solo! ¿Y qué tal si el otro es Julio?

Tesoro bajó su rompevientos rojo, le puso tres veces la alarma a su coche y siguió a Emi quien, con pasos tambaleantes a causa de sus tacones, ya se había adelantado.

Mientras tanto, Julio y Pato comenzaban a subir el cerro. No veían casi nada pero se agarraban de lo que podían para ir subiendo.

—¡De haber sabido! —se quejó Pato al detenerse en una piedra para evitar una caída—. ¡Hubiera traído unos guantes de jardinería! ¡Seguro ya puse mi mano en tres nidos de viuda negra! Nomás falta que pise una víbora de cascabel. Y eso sin contar a los alacranes voladores que trae el viento. Si salgo vivo de ésta, yo juro que no vuelvo a decirle Popocienta a mi hermana.

Julio no iba mejor. Con el viento casi no podía abrir los ojos y se resbalaba a cada rato. De pronto un grito detrás de él lo paró en seco.

—¡Julio! —se oyó la voz de Pedro— ¡Julio, espérame!

Julio y Pato voltearon. Pedro estaba unos cinco metros más abajo.

—¿A dónde vas? —gritó—. ¿Qué crees que estás haciendo?

Julio bajó dos pasos y miró a su hermano con la mayor seriedad. En ese momento, no tenía caso guardar secretos.

—¡A la una de la mañana viene una nave madre! ¡Y traje a Moldavita para que se vaya con ellos! —gritó Julio, tratando de que su voz se oyera por encima del viento.

—¿Qué nave? —exclamó Pedro acercándose a su hermano, viéndolo con expresión incrédula y enojada—. ¿De qué hablas?

Julio y Pedro estaban ahora muy cerca. Ya no tenían que gritar.

—No me digas que estoy loco, porque no estoy —dijo Julio mirándolo con una seriedad que le salía del fondo del alma—. No tengo tiempo de contarte todo ahorita. A la una de la mañana viene una nave que va a ponerse en la punta de este cerro y vamos a estar allá arriba. Si quieres acompañarme ven y si no, no vengas, de todas formas voy a subir.

Pedro miró a su hermano y al ver tanta sinceridad y obstinación en su mirada, supo que cualquier discusión estaría fuera de lugar. O lo acompañaba o lo dejaba ir. Los gritos de Emi se acercaban.

—¡No! ¿Ahí viene Emi con ése? —preguntó Pato.

—Sí —dijo Pedro.

—¡Vámonos! No quiero que Tesoro venga —declaró Julio.

—¡Emi! —gritó Pedro—. Sí son Julio y Pato. Voy a subir con ellos.

—¡Ay! —gritó Emi enojada— ¿Pero qué les pasa, bola de tontos?

—¡Espéranos aquí Emi! —gritó Pedro.

Julio vio su reloj. Eran las 11:38 y apenas habían comenzado a subir el cerro, les faltaba lo peor. Le hizo una seña a Pato y los dos reanudaron la marcha. Pedro se atrasó un poco. Quería ir detrás de Julio y también quería explicarle a Emi qué pasaba. No podía hacer las dos cosas a la vez así que optó por subir con los chicos, pero no había dado ni dos pasos cuando su pie se metió en un hoyo casi hasta la rodilla. Paralizado por un dolor espeluznante, Pedro empezó a gritar.

—¡Mi pierna! ¡Mi pierna!

Emi y Tesoro estaban muy cerca de él y lo ayudaron a sacar su pierna del hoyo. Pedro se sobaba el tobillo y casi se le saltaban las lágrimas. Intentó ponerse de pie pero no pudo apoyar ese pie.

—¡Creo que me rompí el tobillo!

Al oír los gritos, Julio volteó. Ya no podía bajar. Si lo hacía, nunca llegaría a tiempo. Pedro lo miró.

—¡Sigue, Julio! ¡Tú sigue! —gritó, indicándole con la mano que siguiera adelante. Julio y Pato siguieron subiendo.

—¡Por favor! —dijo Pedro angustiado mientras unas gotas de sudor le resbalaban por la frente—. Vayan con Julio y Pato. Yo los espero aquí.

—Pero ¡Pedro! —gritaba Emi histérica—. ¿Qué hacen esos dos mocosos aquí? ¿Cómo los dejaste ir? ¿Qué les pasa?

—No grites Emi, cálmate —le pidió Pedro—. Han pasado muchas cosas que no sabes. A mí me ha costado mucho creerlas pero son ciertas. Luego te cuento todo, ahorita vayan con ellos ¡por favor!

—Si no me dices a dónde van —siseó Emi con mirada furibunda— voy a...

—Una nave extraterrestre va a bajar en una hora ¡en una hora, Emi! ¡Ve con ellos! —gritó Pedro exasperado.

Emi miró a su hermano como si se tratara de un loco escapado del manicomio, mientras Tesoro apretaba la mandíbula y crispaba los puños con ira.

—¡No es posible que salgan con esas idioteces! —gritó Emi.

—¡Esos dos escuincles me las van a pagar! —rugió Tesoro.

—¡Emi! —dijo Pedro tomándole una mano con fuerza y mirándola a los ojos—. Julio es tu hermano, Emi. Ve con él. Al menos piensa en eso.

Muchos dicen que entre los gemelos hay un lazo más fuerte que entre los hermanos comunes. Quizás en ese momento, un cordón de ese lazo se jaló dentro de Emi.

—Está bien —aceptó de mala gana—. Pero cuando alcance a Julio ¡me va a oír!

—Ten, llévate los míos —dijo Pedro quitándose sus zapatos—. Con los tuyos no vas a poder subir.

En cuanto Emi se puso los zapatos de Pedro, le dio la mano a Tesoro para que subiera con ella. Pero Tesoro no se movió ni un centímetro.

—¿Qué? —exclamó, mientras se tapaba la cabeza con la gorra de su rompevientos—. No quieres que suba contigo, ¿o sí?

—Claro que sí —contestó Emi, sorprendida ante la respuesta de Tesoro.

—¡Nunca! Estos cerros son peligrosos de noche. Aquí se esconden quién sabe qué gentes y siempre pasan cosas desagradables.

—Pero, Juan Antonio —insistió Emi—. No me vas a dejar ir sola, ¿verdad?

—Yo no voy a subir —dijo Tesoro negando con la cabeza.

—Emi —intervino Pedro, viendo que iba a ser inútil tratar de convencer a Tesoro—. Por favor sube, ¡sigue la luz de sus linternas!

Emi miró a Tesoro, pero su mirada estaba lejos de ser dulce. Se dio la media vuelta y comenzó a subir el cerro. Julio y Pato, por su lado, ya iban casi a la mitad y se habían tomado un pequeño descanso. Jadeaban y sentían retumbar en su pecho los acelerados latidos de su corazón.

—¿No podemos quedarnos aquí? —preguntó Pato.

—No —contestó Julio tratando de jalar aire—. Si no llegamos hasta arriba, quizá no nos vean.

—¡Ay Juandieguito ayúdanos, como dice mi abuelita! —dijo Pato.

Y los dos siguieron subiendo. Poco a poco, la vegetación se iba terminando y empezaba a haber puras piedras y rocas escarpadas que eran más difíciles de escalar. Emi iba detrás de ellos, todavía no llegaba a la mitad del cerro, pero era tal la fuerza que sacaba de su enojo, que no se había detenido a pesar de que tenía las piernas y los brazos todos rasguñados.

—Ya verán todos —gruñía—. En cuanto vea a Julio, me va a oír. Y también Patricio. ¿Y quién se cree que es Juan Antonio? ¿Cómo se atreve a dejarme venir sola a la punta de este cerro pelón?

De pronto, Julio y Pato llegaron hasta una piedra enorme y escarpada. Al alumbrarla con la linterna vieron que no había en ella ninguna saliente de dónde detenerse para subir. Julio vio su reloj: eran las 12:50.

—Creo que hasta aquí llegamos —dijo Pato.

—¡No! ¡Tenemos que ir hasta arriba!

—Julio, es imposible. Esa piedra está mas lisa que una tina, ¡no puedes subirla! y además, ¡mira para abajo!

Pato iluminó hacia abajo con su linterna. En la desesperación por subir, no se habían dado cuenta de lo que dejaban atrás, pero habían escalado un buen tramo de piedras y si se resbalaban no iba a ser nada agradable.

—Ahora sí me vas a hacer caso —dijo Pato con tono fulminante—. Aquí nos vamos a quedar y si tus fulanos ésos no nos ven, ni modo.

Julio admitió que Pato tenía razón. Los dos se recargaron contra la pared de piedra. El viento seguía golpeándolos sin misericordia mientras ellos respiraban agitadamente. De pronto Pato descubrió una saliente cerca de ellos, lo bastante grande como para sentarse. Se la enseñó a Julio con la cabeza y los dos treparon hacia ese lugar, donde se sentaron. Poco a poco su respiración se fue normalizando. Entonces, se dieron cuenta de que estaban empapados en sudor. Julio sacó su piedra del bolsillo y la sostuvo en su mano. La sintió caliente, pero no sabía si era la piedra misma o la temperatura de su cuerpo que había subido por el ejercicio.

—¿Moldavita? —la llamó.

—Julio —dijo la piedra con una voz extraña, que no era la de siempre. No la oía más lejos ni más cerca, simplemente era una voz diferente, más suave, más musical y más profunda—. Están cerca... puedo percibirlo...

La nave madre

—Dice que están cerca —informó Julio.

—Sí, lo oí —dijo Pato—. Y su voz se oye muy rara.

Julio contuvo la respiración y miró alerta en todas direcciones. Pato volteó temeroso a derecha e izquierda. Julio vio su reloj una vez más. Eran exactamente la una de la mañana con cinco minutos. Julio notó que ya no se sentía una sola brizna de viento. En eso, un destello anaranjado más radiante que el sol los iluminó desde arriba. Julio y Pato voltearon pero el resplandor los obligó a cubrirse los ojos. Después fueron destapándolos poco a poco y ahí la vieron sobre ellos: era una nave madre.

La nave se detuvo un momento sobre la cima del cerro y luego se movió lentamente hasta quedar frente a ellos, a unos dos metros. La lenteja brillante que en las fotos de Alejandro se veía tan pequeña e inofensiva, de cerca era enorme e imponente. Julio siempre había estado seguro de que esos seres no le harían ningún daño y ahora que tenía la nave enfrente sólo sentía una gran curiosidad, pero nada de miedo. Pato sí estaba asustado, pero se fue relajando poco a poco.

Unos cincuenta metros más abajo, Emi continuaba la fatigosa subida. De pronto, al voltear hacia arriba, vio a la nave.

—Pero... pero... pe-pero, ¿qué es eso? —dijo, abriendo los ojos como platos—. ¿Cómo es posible?

Si algún día le hubieran contado ésta escena, ella hubiera jurado que habría salido corriendo o que se habría desmayado del susto. Pero en ese momento sintió una curiosidad enorme y trató de subir rápidamente para llegar a donde estaba Julio.

Julio y Pato miraban a la nave extasiados. Ninguno de ellos podía pensar en nada. La nave medía unos 25 metros de diámetro y tenía la forma de un caramelo casi redondo, como dos domos pegados por una banda ancha. En esa banda brillaban unas manchas rojas. Lo más fascinante era que la nave tenía la textura de un ser vivo. No era un objeto metálico que reflejara alguna luz, era un ser vivo que irradiaba luz. Dentro de ella se distinguía una palpitación muy similar a la de una arteria del cuerpo humano, aunque mucho más lenta.

De pronto, el resplandor anaranjado comenzó a palidecer. Y, como si fuera una piel que cambiara su pigmentación, la nave entera cambió de color. El anaranjado dio lugar a un azul pálido tan brillante que enceguecía.

—¡Buenas noches! —dijo Julio, sin poder imaginar otro saludo—. Aquí están con nosotros dos seres... como ustedes.

Al decir esto, Julio puso a Moldavita en la roca. Pato puso a la otra piedra junto a la de Julio. La nave no hizo ningún movimiento. De repente, un diminuto haz de intensa luz azul claro comenzó a avanzar desde una de las manchas rojas de la nave, rasgando el cielo nocturno. El rayo tocó a las piedras, pero no pasó nada. Pasó un minuto, luego otro. De pronto, en el centro de las moldavitas, apareció una pequeña luz azul que brillaba a través del verde oscuro de la piedra. La luz en Moldavita comenzó a crecer y crecer hasta que delgados haces de luz escaparon por cada uno de sus bordes picudos. Súbitamente, las diferentes puntas de luz se unieron en el aire, formando una esfera azul radiante que quedó flotando. La otra piedra siguió el mismo proceso, aunque se tardó un poco más. El ser que vivía en la piedra de Julio nadó en el aire libremente, parecía estar feliz de reencontrar su libertad y se movía rápidamente de un lado a otro. El otro ser actuaba en forma similar. De pronto se encontraron y bailaron en espiral de arriba a abajo durante unos minutos. Julio y Pato miraban boquiabiertos y fascinados. Julio recordó lo que Moldavita le había contado siempre sobre su naturaleza sin sentimientos, pero no dejaba de pensar que esos dos seres estaban felices de verse libres después de millones de años de estar sujetos a una piedra. En eso, la nave pareció tener un movimiento interno y por otra de las manchas rojas empezaron a salir una multitud de esferas brillantes de diferentes colores. Algunas eran verde pálido, otras amarillas, también había rojas y unas más eran azul claro. Todos los colores eran puros, intensos, brillantes. Las esferas flotaban en el aire sin moverse, al parecer, admirando la danza de las dos luces que acababan de salir de las piedras. De pronto, todas las esferas se quedaron quietas y luego comenzaron a girar en espiral como Moldavita. Julio y Pato sonreían felices. De repente, así como habían comenzado a bailar, se detuvieron y regresaron a la nave. Todas, menos las dos moldavitas que habían salido de las piedras. Una de ellas hizo un círculo en el aire —que para Julio y Pato fue como un "gracias"— y se metió a la nave. La otra luz flotó cerca de la cara de Julio.

—Julio —le dijo con una voz tan fresca y joven que hizo a Julio pensar en una cascada o en el brinco de un delfín en el mar.

—¿Sí? —dijo Julio.

—Es tiempo de irme.

—Ya lo sé. Para eso te traje.

—Creo que te gustaría saber que nuestro intercambio de energía fue muy útil. Ahora tengo sentimientos propios y no sólo un reflejo de los tuyos. Quizá pronto los borre y vuelva a ser como antes, pero hoy me siento feliz de irme con los de mi especie y también siento tristeza por dejarte.

Julio miró a la radiante bolita de luz azul que tenía enfrente y sonrió sin muchas ganas.

—Sé que estás triste —dijo la esfera.

—Sí —dijo Julio mientras una lágrima le resbalaba por la nariz—. ¿Volveré a verte?

—No sé. Pero acuérdate que la energía está en ti... la tuya y la mía. Mientras me recuerdes, yo siempre voy a estar aquí —dijo la luz acercándose a la cabeza de Julio y luego, rozando su pecho, añadió—: Y aquí.

La esfera se alejó despacio de Julio y se acercó a Pato.

—Adiós, Pato —le dijo.

—Adiós, Moldavi... ¡bueno! seas quien seas.

La bolita de luz dio una vuelta alrededor de Pato y se absorbió dentro de la nave, que en ese momento comenzó a cambiar de color, de azul a verde pálido. Julio y Pato esperaban que la nave desapareciera en cualquier momento, pero de pronto advirtieron que hubo una fuerte palpitación dentro de ella, una de las manchas rojas comenzó a abrirse y por la abertura salió un haz de luz blanca muy grande. Pato y Julio se pusieron de pie y se pegaron a la pared de piedra, pero el haz se dirigía hacia ellos y pronto los iluminó. Julio sentía que la luz lo jalaba un poco, obligándolo a abrir los brazos y subir la cabeza. Nunca supo cuánto duró ese momento, aunque después Emi le dijo que fueron sólo unos minutos. Julio estaba plenamente consciente de estar parado en la orilla de un risco en la montaña, sin embargo, sintió que flotaba en un lugar sin tiempo, donde todo su ser se llenaba del mundo a su alrededor. Oía que la tierra murmuraba y se quejaba, oía un agua muy lejana que salía de un manantial, percibía todos los olores del mundo y cada poro de su piel sentía la frescura de la noche de primavera. Y después se vio a sí mismo. Su memoria lo llevó hasta un lugar donde él flotaba en agua y era muy feliz, después a los brazos de sus papás, a las risas de sus hermanos y a la voz de su abuelita cantándole una canción. En su mente, como si fuera un video en reversa, veía muchas escenas de su vida. Ahí vio a Chepi, llevándolo de la mano para enseñarle una madriguera en un árbol, llena de hojas secas, donde había un diente y su abuelita le decía que ésa era la casa del ratón de los dientes. De repente, el haz de luz dejó de iluminarlos y regresó lentamente a la nave, que ahora cambiaba de color otra vez y de verde, volvía a ser un pedacito de sol. Y de pronto, desapareció.

Julio y Pato se quedaron en silencio unos minutos. Julio sentía una paz y una felicidad absolutas. Miró a Pato y vio que él también parecía muy feliz.

—Esto es lo más bonito que he visto en mi vida —dijo Pato con la mirada perdida en el vacío—. Nunca me había sentido como hoy.

Julio miró al lugar donde habían puesto las piedras. Ahí estaban, dos moldavitas vacías. Julio las recogió. De repente, un movimiento los hizo voltear. Era

Emi, que hacía rato había llegado muy cerca de ellos, pero estaba tan impresionada por lo que había visto, que no se había movido.

—Julio —dijo tranquila—, ¿quiénes eran ésos... seres?

—Bueno, Emi —contestó Julio bajando con cuidado hacia ella—. Es una historia muy larga. Y te prometo que te la voy a contar si no me dices que estoy loco.

—Después de lo que acabo de ver... ¡creo que estamos locos todos! —repuso Emi.

—Y la culpa la tiene Rodrigo —añadió Pato.

—Vamos rápido con Pedro —los apuró Emi—. Creo que se rompió un pie.

La bajada fue más rápida que la subida, aunque no faltaron los resbalones y los sentones. Y el viento regresó con renovada furia. Cuando llegaron donde estaba Pedro, vieron que estaba solo.

—¿Misión cumplida? —preguntó sonriente.

—¡Cumplida! —exclamaron Julio y Pato con caras felices.

—¿Y Juan Antonio? —preguntó Emi.

—¡Se fue! —dijo Pedro riéndose—. Fue muy chistoso.

—¿Qué pasó? —quiso saber Emi.

—Se quedó aquí conmigo un rato, no paraba de quejarse de todos ustedes. Luego le habló a su mamá para decirle que estaba con nosotros y que no tardaba.

Yo no sé ni cómo aguantó hasta la una de la mañana, pero cuando apareció la nave allá arriba, al Tesoro se le fue la voz y salió corriendo y gritando sin decir adiós.

—¡Es un cobarde! —dijo Emi alzando la barba.

—¿No es tu novio, Emi?

—¿Mi novio? ¡Jamás! ¿Cómo se le ocurre? ¡Dejarme subir sola! ¡Y luego echarse a correr por una navecita!

Los cuatro se rieron. Después, levantaron a Pedro, quien usó a Emi y a Julio de muletas para poder caminar dando brinquitos.

—Creo que nos vamos a tener que regresar a pie —comentó Pato.

—No importa ¬—dijo Pedro.

—¿Qué hora es? —exclamó Emi viendo su reloj—. ¡Ay, Dios! ¡Son las dos y media! ¡Chepi ahora sí nos mata!

—No creo. Le hablé a las doce del celular del Tesoro, tuve que decirle que la fiesta se había retrasado por el viento y que llegaríamos un poco más tarde. Me dijo que se iba a dormir.

—¡Bueno! ¡Al menos sirvió de algo el Tesoro! —remató Emi.

Llegar a la casa de su abuelita ayudando a Pedro y en medio del viento les tomó bastante tiempo. Pero todos iban de muy buen humor. Cuando llegaron, abrieron el portón con muchísimo cuidado para no hacer ruido y luego entraron por la cocina muy silenciosos.

—Pero, ¿dónde creen que andaban ustedes cuatro? —dijo una voz ronca y enojada que los hizo brincar a todos—. Su abuelita ya se fue a dormir, pero yo...

Jim prendió la luz de la cocina. Al ver el estado en el que venían todos, abrió la boca incrédulo. El vestido de Emi tenía toda la parte de abajo rasgada y sus piernas y brazos estaban llenos de rasguños. Pedro estaba pálido por el dolor y no podía apoyar la pierna. Además, ninguno se había dado cuenta, pero los moscos habían hecho su trabajo y estaban llenos de piquetes. Pato y Julio estaban en mejor estado, aunque también tenían varias ronchas. De no haber sido por las caras de felicidad que traían todos, Jim se hubiera preocupado de verdad.

—Aquí hay una historia.

Todos asintieron.

—Nada qué lamentar, ¿verdad?

Todos negaron con la cabeza.

—Bueno, me la cuentan después. Ahora voy a llevar a este muchacho al hospital a que le revisen esa pierna. Emi, lávate las piernas y las manos y ponte alcohol. Y ustedes dos no hagan ningún ruido y duérmanse. Si creían que iban a engañarme con unas almohadas en la cama, estaban muy equivocados.

Jim salió con Pedro. Emi se despidió y se metió al baño para curarse.

—Vete a dormir —le dijo Julio a Pato—. Yo me voy a quedar un rato en la sala y luego subo.

Al quedarse solo, Julio se acostó en un sofá. Hubiera querido ir a la Banca de los Secretos, pero el viento era insoportable. Por la ventana de la sala se veía un pedazo del cielo. Algunas estrellas brillaban allá lejos. Julio las miró contento y se quedó dormido.

Apenas estaba clareando cuando sintió unos cariños en la cabeza.

—Últimamente amaneces en todos lados, ¿no será que eres sonámbulo? —le dijo su abuelita.

Chepi sonrió y Julio vio en sus ojos el mismo brillo y la misma alegría de siempre.

—Ya no hace viento —dijo la abuelita mirando al jardín—. Ven, vamos a la Banca de los Secretos.

Julio se levantó y juntos caminaron a la Banca y ahí se sentaron.

—Quise venir aquí contigo... —comenzó a decir Chepi viéndolo a los ojos— porque hace una semana yo me sentía muy triste y te hice sentir igual.

Julio la miraba con atención pero no se atrevía a decir nada. Chepi tomó su mano, la apretó y suspiró.

—He estado pensando muchas cosas. Lo primero es que ¡bueno!, así somos los seres humanos. La enfermedad es parte de nosotros. Y la muerte también. Algún día, a todos nos toca, la cosa es que nadie sabe cuándo. Pero no tiene caso vivir preocupados por eso, cuando llegue el momento, llegará.

Julio asintió con la cabeza.

—Además, soy una persona fuerte y voy a luchar, ¿sabes? Estoy segura de que tengo la energía suficiente para dar esta batalla.

Cuando Julio oyó esto, se sorprendió. Chepi le pasó el brazo por los hombros.

—Y no estoy sola, te tengo a ti, a todos ustedes.

Julio recargó su cabeza en el hombro de Chepi.

—Tú y yo hemos hecho muchas cosas juntos, abue —dijo Julio recordando de pronto todas las memorias que había revivido la noche anterior—. ¿Te acuerdas cuando se me cayó mi primer diente y luego tú me enseñaste, aquí en el jardín, la madriguera de un ratón que tenía un diente adentro?

—¡Claro que sí! —exclamó Chepi sonriendo—. Estabas feliz porque habíamos encontrado la casa del ratón de los dientes.

—Sí.

—¡Qué curioso! Anoche soñé con muchas cosas que me han pasado en mi vida y también soñé con eso —dijo Chepi un tanto extrañada y añadió—: Yo quiero mucho a todos mis nietos y a Emi, que es mi única nieta, pero tú siempre has sido muy especial para mí, desde que naciste.

Chepi lo miró de frente. Sus ojos estaban llenos de lágrimas, pero su mirada seguía siendo alegre, eran lágrimas de felicidad.

—Desde que te vi en el cunero del hospital sentí algo aquí adentro —dijo, poniéndose una mano en el corazón—. ¡Cómo no vamos a tener tantos recuerdos tú y yo!

Julio la miraba contento. Sabía que sus ojos también estaban húmedos, pero él se sentía feliz.

—¿Sabes una cosa? Mientras tengamos esos recuerdos, yo siempre voy a estar aquí —dijo, tocando su cabeza y luego, tocando su pecho, añadió—: Y aquí.

Al oír esto, Julio sonrió y sintió unas lágrimas tibias y felices resbalando por sus cachetes. Chepi lo abrazó y así se quedaron hasta que un pedacito de sol asomó al fondo del valle, anunciando la llegada de un nuevo día a Tepoztlán.

Epílogo

Tepoztlán

Algunos de los hechos narrados en esta historia de ficción suceden en Tepoztlán. Sitio mágico, místico e intenso, este pueblo se ubica en lo que antiguamente era un valle sagrado, a 65 Km. de la Ciudad de México. Su nombre en lengua náhuatl significa *lugar de las piedras quebradas*, y se debe a la serranía de formas escarpadas y caprichosas que rodea al valle. Los antiguos habitantes de esta zona bautizaron a los cerros con nombres que invitaban a la imaginación y a la leyenda. Así, el cerro del Tepozteco, el más grande e importante, recibe este nombre por el héroe que nació de una virgen, fue alimentado por las hormigas y a quien el maguey dio de beber su dulce aguamiel. Al crecer mató al dragón que se alimentaba de los ancianos del lugar. También se encuentran el *Echecatépetl*, o Cerro del Aire, *Chalchitépetl*, Cerro del Tesoro, *Tlacatépetl*, Cerro del Hombre o el *Tlahuitépet*l, Cerro de la Luz, llamado así por las luces, como pedacitos de sol, que suelen verse sobre la serranía tepozteca.

Hay dos cosas que el visitante inmediatamente siente al llegar a Tepoztlán: su magnetismo, que se debe a la energía que ahí se concentra y que hace de este lugar una enorme pila y el ambiente creado por la diversidad de sus habitantes, pues además de los aguerridos y orgullosos pobladores nativos, ha llegado a vivir ahí gente tan variada como hippies, esotéricos, yoguis, practicantes de medicinas alternativas, un buen número de extranjeros retirados y familias capitalinas que tienen casas de fin de semana, todos ellos atraídos por la energía y la belleza del lugar. Así, el ambiente de Tepoztlán, diverso e intenso, es una mezcla de las tradiciones ancestrales con el modo de vida bohemio y diferente de los nuevos pobladores.

Es en este sitio místico y magnético donde Carlos Díaz Martínez, fotógrafo de profesión, ha llevado a cabo la mayor parte de su investigación. Desde hace más de 25 años, cuando tuvo el primer encuentro con un objeto luminoso en el cielo nocturno, se ha dedicado a fotografiar y filmar los avistamientos que tienen lugar en el valle de Tepoztlán. Su trabajo —avalado con importantes becas y publicaciones en revistas científicas— ha logrado tal reconocimiento que los avistamientos del tipo que se describen en esta obra se conocen, alrededor del mundo, con su nombre.

Carlos, te agradezco infinitamente la información que compartiste conmigo para hacer este libro. El personaje de Alejandro González, está basado en ti.

Norma Muñoz Ledo

Nació en México. Cuando era chica le encantaba que le contaran historias, luego quiso leerlas y ahora le gusta crearlas, por eso escribe para niños y jóvenes. Además de cocinar, leer e ir al cine, le gusta mucho ver las estrellas, en especial en el cielo de Tepoztlán, donde ella anhela ver con sus propios ojos los pedacitos de sol de los que habla esta novela.

En Alfaguara Infantil tiene publicados tres libros además de *Moldavita*: *¡Cállate, perrito!*, *Me quiero casar*, y *Polvo de estrellas.*

Este libro se terminó de imprimir en el mes de noviembre de 2014,
en Corporativo Prográfico S.A. de C.V. Calle Dos No. 257, Bodega 4,
Col. Granjas San Antonio, C.P. 09070, Del. Iztapalapa, México D.F.